J’avais oublié la légèreté

Edwige Coupez

J'avais oublié la légèreté

Roman

éditions du
ROCHER

Éditions du Rocher
28 rue Comte Félix Gastaldi – BP 521 – 98015 Monaco

www.editionsdurocher.fr

ISBN : 978-2-268-11012-7
EAN Epub : 9782268110400

Pour Sasha

C'est en écrivant ce que je vis,
que je comprends ce que je vis.
Lola Lafon, *Quand tu écouteras cette chanson*

Ma mère avait fini par fuir l'aventure
prévue par sa propre mère.
Cette aventure impliquait d'apprendre la sténo,
d'avoir un talent de dactylo et de se marier à vingt ans.
Deborah Lévy, *État des lieux*

Je n'ai pas appelé ma mère.
Je n'ai pas appelé ma sœur.
Je n'ai pas appelé mes amis.
Je n'ai pas appelé ma psy.
Je n'ai pas appelé le 116 000 Enfants Disparus.

Je suis allée au commissariat.
J'ai dit *bonsoir, ma fille a fugué.*
Je me souviens très bien avoir dit *bonsoir*.

Fuite

Réaction de survie

Léa

27 novembre 2021 – 20 h 55

Le réalisateur zoome sur mon visage. Des millions de téléspectateurs retiennent leur souffle, attendent que je craque, que je hurle, que j'explose, que je me lève d'un bond, que je renverse l'ordinateur sur lequel l'agent enregistre ma déposition. Mais il n'y a pas de caméra. Je ne suis pas dans le *Truman Show*. Je suis dans une pièce sans fenêtre, face à un policier bien réel.

Donc votre fille a laissé une lettre avant de quitter le domicile de son père... J'acquiesce. *Et ensuite ?* Je raconte. À nouveau. Ce que je sais, ce que je ne sais pas. Il écoute, me regarde. Tape un début de phrase, virgule. Reprend, virgule. S'arrête. Jamais de point. Suspension, phrase en l'air. En attente. Il se relit à voix haute. Tout, depuis le début. Recommence à taper. Trois mots, virgule. *Et ensuite ?* Je reprends mon récit pour la troisième fois. Je n'aurais jamais dû commencer par cette histoire de lettre. On s'en fout qu'elle l'ait laissée sur sa commode ou sur son lit. On s'en fout que ce soit sa petite sœur qui l'ait trouvée. C'est pas ça l'important. L'important c'est de me croire quand je dis qu'elle a fugué, qu'elle n'est pas allée chez une copine ou un copain passer la nuit, qu'elle m'aurait prévenue, qu'il faut localiser son téléphone. Qu'il est déjà tard.

Donc votre fille a laissé une lettre avant de quitter le domicile de son père… Comme si je pouvais l'oublier. Se rend-il compte, qu'il suffit d'une phrase pour voir sa vie basculer. Se rend-il compte, de la honte d'être là qui s'insinue en moi, inodore, incolore, comme un gaz toxique. Qui me fige. Qui me cloue sur place. Comme les lettres qu'il enfonce dans son clavier en levant bien haut l'index droit, comme s'il prenait son élan. Chaque lettre résonne, fait trembler le bureau métallique. Je m'étonne. Moi qui ne supporte pas les conversations trop fortes, les crissements de la ligne 7 du métro, j'ai les nerfs anesthésiés. Je m'observe devenir ce monstre froid, des écailles sur la peau pour atténuer les coups, les fesses douloureuses d'être assise depuis plus d'une heure sur cette chaise en formica rouge.

Donc votre fille a laissé une lettre avant de quitter le domicile de son père… Il cherche à gagner du temps. Il veut m'occuper. C'est sûrement la procédure. Comme si, le temps de taper ma déposition, ma fille allait rentrer à la maison, se laver les dents et se mettre au lit. Le problème est qu'elle n'a pas ses clés. J'ai vérifié avant de venir au commissariat. Elle n'a pas non plus sa carte d'identité. J'ai vérifié aussi. Ça m'a rassurée, je me suis dit qu'elle ne pourrait pas prendre l'avion. C'est stupide, elle a peur de l'avion.

Je parie qu'il n'a pas d'enfant. Sinon il saurait ce que ça fait d'être tout le temps sur le qui-vive, pour prévenir la moindre chute, la moindre bêtise. Vigilance de tous les instants. Depuis la naissance de ma fille, je surveille une casserole de lait sur le feu. À la surface, rien ne laisse présager l'ébullition à venir. Pas de vagues, à peine un frémissement. Mais la chimie opère. Les molécules de gras s'agglomèrent, forment une pellicule luisante, puis tout se fige. Jusqu'à l'éruption. Ce moment précis où le lait se met à mousser et à s'expanser. Il y a une certaine excitation à retirer la casserole *in extremis*. Je conseille de laisser reposer quelques minutes avant de verser sur la poudre de cacao.

Là, ça va déborder et je reste interdite. Je sens la panique monter. Elle est toute proche. Elle n'attend que ça. Masse brûlante au creux du sternum, si j'ouvre la bouche, je vomis sur le bureau métallique. Je cligne des yeux. Pas maintenant. Je demande un verre d'eau. *On n'a plus de gobelets.*

J'aime bien le *Truman Show*. Il suffit d'éteindre la télé pour que tout s'arrête. Elle va rentrer. Elle ne va pas passer la nuit dehors. Elle voulait juste nous inquiéter. Elle va être plus inquiète que nous. *Je vous laisse relire.* L'imprimante s'essouffle. Le policier me tend sa copie. Je me demande s'il veut que je corrige ses fautes d'orthographe. Il répète un doigt sur la feuille. *Je vous laisse relire votre déposition.* Je regarde la première phrase et souris, malgré moi. Je pourrais la réciter par cœur, tant il a répété chaque phrase à voix haute. Je signe d'un gribouillis nerveux. Je ne sais même pas à quoi va servir cette déposition.

Le policier me reconduit dans le hall d'accueil. La lumière bleutée du distributeur m'hypnotise. J'hésite entre un café grains et un cacao intense. J'opte pour le café et commence à faire les cent pas.

À l'âge de cinq ans, Gabrielle a eu une forte fièvre pendant plusieurs jours. J'avais encore un thermomètre à mercure. Je n'avais jamais vu le liquide rouge dépasser le trait des 40 degrés. J'étais fascinée.

En rentrant du parc, elle a dit *j'ai chaud*, a refusé la saucisse purée et s'est endormie devant le *Disney* du vendredi soir. J'ai appelé le médecin de garde. Il est arrivé tard, vers minuit, avec sa grosse sacoche en cuir marron. Il m'a suivie dans la chambre avec ses chaussures. Je me suis dit qu'il faudrait que je passe l'aspirateur le lendemain. Je me suis approchée du lit de Gabrielle. La veilleuse diffusait une lumière bleue. Mélangée au rouge de ses joues, ça lui faisait des taches violettes. Elle dormait les paupières à moitié fermées. On voyait le blanc de ses yeux. J'ai essayé de la réveiller en caressant son épaule. J'ai senti le docteur s'impatienter. Je l'ai arrachée à la couette. Sa peau était moite, elle glissait dans mes bras. Il lui a fait tirer la langue et dire *ah*, a regardé son oreille avec une petite lampe torche, puis a sorti son stéthoscope et a posé le pavillon froid sur la poitrine brûlante de ma fille. *Elle tousse. Elle ne fait jamais de fièvre si forte.* Sûrement qu'il n'a pas entendu.

Il est sorti de la chambre le stéthoscope autour du cou. Sur la table du salon-salle à manger – nous avions abattu le mur pour agrandir la pièce à vivre – il a griffonné une ordonnance. *Syndrome grippal. Donnez-lui une pipette de paracétamol toutes les six heures. Demain ça ira mieux.* Je l'ai raccompagné à la porte en lui souhaitant *bon courage.*

J'ai eu du mal à faire avaler le sirop rose à Gabrielle. Elle adorait pourtant, faisant parfois semblant d'être malade pour en avoir. J'ai passé la nuit près d'elle, la main posée sur son front, à vérifier qu'elle respirait toujours. Sa sœur Lola dormait tranquillement à l'autre bout de la chambre dans son lit à barreaux.

Le lendemain, contrairement à ce qu'avait affirmé le médecin, ça n'allait pas mieux. La fièvre baissait une heure et il fallait de nouveau attendre cinq heures pour lui redonner une pipette de sirop rose. J'essayais de la rafraîchir avec un gant de toilette humide. Elle buvait à peine, ne mangeait pas, dormait tout le temps. J'ai rappelé SOS Médecins. Un deuxième docteur est venu. Lui aussi a gardé ses chaussures pour aller dans la chambre des filles. Cette fois, il faisait jour. La veilleuse était éteinte, mais Gabrielle avait toujours les joues rouges. *Elle tousse. Elle ne fait jamais de fièvre si forte.* Ce médecin non plus n'a pas entendu. Lui aussi a diagnostiqué un syndrome grippal. Lui aussi a prescrit du paracétamol. *Toutes les quatre heures si ça ne baisse pas*. Lui aussi je lui ai souhaité *bon courage* en le raccompagnant à la porte.

Le lundi matin, le standard de la pédiatre était saturé. J'ai réussi à prendre rendez-vous chez mon généraliste dans la matinée. *Il y a quelque chose qui ne va pas.* Je suis repartie avec une ordonnance d'ibuprofène à prendre en alternance toutes les deux heures avec le paracétamol. J'ai acheté un thermomètre électronique et j'ai essayé de raisonner mon angoisse. Si trois médecins affirmaient qu'il suffisait d'attendre…

Le secrétariat de la pédiatre a fini par rappeler en début d'après-midi. Une place s'était libérée, le dernier rendez-vous de la journée. J'ai continué à noter dans un carnet les heures des pipettes. Pour ne pas les confondre, avec la fatigue. Éviter tout surdosage. La pédiatre non plus n'a pas écouté. *Ça va passer. Ne vous inquiétez pas.* Je me suis mise à pleurer à l'idée de passer encore une nuit sur le tapis à côté de son lit, la main sur son front, à alterner les pipettes toutes les deux heures. Pour me calmer et me faire sortir de son cabinet, elle a fini par rédiger une ordonnance pour une prise de sang. *Si demain la fièvre n'est pas tombée.*

Le mardi matin, Gabrielle était tellement épuisée qu'elle a fait un malaise dans le laboratoire d'analyses. *On vous appelle dès qu'on a les résultats.* Je l'ai portée jusqu'à la voiture, je suis rentrée chez moi, je l'ai couchée et j'ai attendu. En début d'après-midi, le téléphone a sonné. C'était la secrétaire du laboratoire. Une voix rassurante mais pressante. *Vous devez aller aux urgences pédiatriques. Les analyses ne sont pas bonnes.* Je n'ai pas été surprise. Je savais que quelque chose n'allait pas.

Gabrielle avait une pneumonie. C'est ce qu'a montré la radio. Une pneumopathie du lobe inférieur gauche. J'ai consulté le Vidal en ligne. Il y a un siècle, la pneumonie était mortelle dans la moitié des cas. Heureusement, depuis, l'Écossais Alexander Fleming a découvert les antibiotiques. Il suffit de les prescrire dès les premiers symptômes : une toux sèche et une température subite qui peut atteindre 41 °C.

On n'apprend pas aux mères à écouter leur instinct.

Un ami m'envoie une photo de son avant-bras. L'avant-bras gauche. Ça a son importance, droit ou gauche. Parce que sur l'avant-bras droit de mon ami, il n'y a rien. Si ce n'est des veines, des tendons et quelques grains de beauté. Alors que sur l'avant-bras gauche, mon ami a fait tatouer sa vie en chiffres romains. Chaque ligne correspond à une date importante. Il n'a pas choisi que des événements heureux. La mort, les ruptures y ont aussi leur place. Il vient de faire ajouter une ligne. Celle-là est une ligne heureuse. Il est amoureux, il va se marier. Sur la photo, la peau est encore rouge et les lettres très nettes. Les autres au-dessous sont un peu délavées.

Moi, la date qui me colle à la peau, c'est celle du 27 novembre 2021. Pas la peine de me la faire tatouer sur l'avant-bras gauche ou droit. Elle est gravée dans mon esprit. C'était un samedi. Il faisait froid, le ciel était gris. Je m'en souviens. Gabrielle n'avait pas pris de veste. Je m'en suis inquiétée. Je l'ai dit au policier quand il m'a demandé *elle portait quoi comme vêtements ?*

Je n'ai pas une bonne mémoire. J'oublie les titres des romans que je lis. C'est vrai que j'en lis beaucoup. Paradoxalement, je sais exactement où sont rangés les livres dans ma bibliothèque. Alors pour éviter une démence précoce, je m'entraîne. Par exemple, quand je déjeune avec une amie, j'essaie de me rappeler, une fois rentrée chez moi, comment elle était habillée. Si je cherche l'image complète, je ne vois qu'une silhouette floue. Pour faire la mise au point, je me concentre sur un détail. C'est comme tourner la molette sur une paire de jumelles pour régler la dioptrie. Une boucle d'oreille surgit. Une fossette au creux de la joue. Un rire. Un geste de la main pour remonter ses lunettes sur le nez. Une mèche de cheveux entortillée au bout de l'index. Un trou au coude. Une tache, pistache. Et mon amie est de nouveau devant moi, nette, avec son pull à paillettes, son pendentif en verre de Murano et le parfum Repetto qu'elle porte depuis qu'elle a vu *Le Lac des cygnes* à l'Opéra Garnier.

Gabrielle ne se parfume pas et j'ai eu beau tourner la molette, sa silhouette est restée floue quand le policier a répété sa question. *Quels vêtements portait votre fille la dernière fois que vous l'avez vue?* Je n'ai pas su lui répondre. Je n'ai pas su la décrire. Je ne connaissais plus ni sa taille ni son poids. Son corps avait tellement changé ces derniers mois. Je n'avais accès ni à sa chambre ni à la salle de bains. La pédiatre la recevait seule, je ne rentrais qu'à la fin de la consultation pour donner ma carte vitale et ma carte bleue. Je savais juste que mes soutiens-gorge étaient trop petits pour elle, elle avait arrêté de me les piquer.

Au policier, j'aurais voulu dire: *Elle est belle. Elle est rebelle. Elle n'en fait qu'à sa tête. Elle fait sa forte tête. Elle a le cœur fragile, ouvert à l'inconnu. Elle dit bonjour à n'importe qui, surtout sur Instagram. Elle connaît les chansons de Dalida par cœur. Elle est généreuse à sa façon, mais pas avec sa sœur. Elle aime les films d'horreur, mais a peur d'aller chercher les valises à la cave. Elle aime la mimolette, mais uniquement celle vendue chez Carrefour. Elle a les yeux bleus, mais les pupilles très dilatées et les paupières très maquillées. Elle a des faux ongles. Dessous ils sont tous rongés. Les cheveux, je ne sais plus. Les dernières traces de teinture dans la baignoire étaient violettes.*

J'ai juste dit: *Elle est grande. Elle a les cheveux mi-longs. Elle a 14 ans mais en paraît 17.*

La veille – 26 novembre 2021 – 7 h 45

Je sors de la douche en râlant, une poignée de cheveux gluants à la main. Je ramasse une chaussette sale. Le panier à linge déborde. Je remplis une machine et j'entends la porte d'entrée claquer. Gabrielle vient de partir au lycée. Je ne lui ai pas dit au revoir. Après ses cours, elle ira directement chez son père, comme un vendredi sur deux depuis notre séparation. C'est moi qui suis partie. J'ai tergiversé pendant des mois, pendant des heures, la nuit. Un matin j'ai osé dire à voix haute : *Je veux divorcer.* Sur les photos nous paraissions heureux. En réalité j'étouffais. Je ne savais pas dire pourquoi, mais je savais que je n'avais pas le choix. Question de survie.

Nous avons rédigé la convention de divorce sur le coin d'une table de bistrot. Nous avons partagé les meubles. La garde alternée nous a paru, si ce n'est la meilleure, du moins la moins mauvaise des solutions. Nous avons mis nos rancœurs sous le tapis. Il s'est installé avec sa nouvelle compagne. J'ai rencontré Simon. Les filles étaient contentes d'avoir deux fois plus de cadeaux à Noël.

Mais depuis quelques mois, Gabrielle se plaint du rythme. Elle en a marre de changer de maison toutes les semaines, ne se sent bien nulle part. Hier soir, elle a attendu le tout dernier moment pour préparer ses affaires. Il était plus de 22 heures quand elle s'est décidée à prendre un grand sac bleu Ikea et à y jeter en vrac ses palettes de maquillage, ses crops-tops, ses Jordan blanches et ses Converse noires pour assortir les tenues, quelques cahiers et son doudou. Elle oublie souvent des choses. Ça lui donne une excuse pour revenir pendant la semaine. L'ambiance est tendue chez son père.

J'étends la lessive quand je reçois son message. Il est en route pour venir chercher les sacs de Gabrielle et Lola. Je le vois arriver depuis la fenêtre de la cuisine. Comme d'habitude, il se gare sur la place de livraison et m'attend en bas de l'immeuble. J'enfile un manteau, des ballerines et entasse les affaires des filles dans l'ascenseur. Une fois le tout chargé dans le coffre de sa voiture, je lui résume la semaine, en quelques mots, sur le trottoir. Ça intrigue ma vieille voisine de palier qui part chercher son pain. *Vous devriez vous mettre au chaud au café.*

Deux sujets reviennent en boucle : les crop-tops de Gabrielle et ses notes. Elle peine à se maintenir au-dessus de la moyenne, sauf en anglais – à force de regarder des séries, elle n'a plus besoin des sous-titres – en arts plastiques et en technologie – elle a toujours été douée de ses dix doigts. Dans les autres matières, si elle trouve le prof sympa, elle travaille, un peu, pour lui faire plaisir.

Elle fait partie de ses « profils dits atypiques, que l'on peut difficilement classer », selon la définition du dictionnaire Le Robert. Comprenez plutôt « que l'Éducation nationale n'arrive pas à gérer ». En primaire, elle faisait illusion jusqu'en janvier, puis j'étais invariablement convoquée par la directrice et la maîtresse. Gabrielle avait fait le tour des apprentissages, s'ennuyait et perturbait ses camarades. La situation lui convenait. Déjà, elle n'avait pas le goût de l'effort.

Je fais ici mon *mea culpa*. Je voulais qu'elle saute une classe. Je l'ai amenée chez une psychologue qui lui a fait passer un test de QI. Son résultat la plaçait dans les 2,2 % de la population à l'intelligence très supérieure. Ça flattait mon ego. Je devenais la mère d'une enfant surdouée. Forcément, j'y étais pour quelque chose. Je n'ai pas compris quand la psychologue m'a dit d'accepter qu'elle ne fasse rien de son don. Dans les très (trop) nombreux livres sur le sujet, j'ai ignoré les avertissements sur l'échec scolaire des enfants HPI.

Gabrielle a commencé à décrocher en troisième, après le premier confinement. Les maths en particulier. *Ça va me servir à quoi Pythagore dans la vie ?* J'ai suggéré une orientation vers une seconde STDAA, mode et design. Elle est allée à une journée portes ouvertes dans un lycée parisien, mais elle n'était pas sûre. Son père préférait qu'elle reste dans une filière générale. J'ai laissé tomber, trop vite sans doute.

À côté, les crops-tops, je m'en fiche. Sauf quand elle part le nombril à l'air en plein hiver. J'y vois une provocation et me persuade que moins j'en parle, plus vite ça lui passera.

Ma voisine revient avec sa baguette de pain. Je monte avec elle jusqu'au troisième étage. Je préfère l'escalier à l'ascenseur. Il fait un bruit bizarre.

J'aime le silence de l'appartement après le départ de Lola et Gabrielle. Il m'enveloppe, allège mes tensions, libère ma poitrine, déride mon front. Mes pensées fleurissent et quittent leur *to-do-list*. J'ôte mon habit de mère, le suspends dans la penderie et redeviens femme jusqu'au vendredi suivant.

Plus de courses à faire. De repas à préparer. De linge à étendre. De draps à plier. De leçons à réciter. De Navigo à recharger. De bâton de colle à racheter. De temps d'écran à contrôler. De notes à vérifier. De soirée à autoriser. À croire que divorcer est la seule solution à la charge mentale.

Je m'offre le luxe de savourer un café. Je l'allonge avec un peu de lait d'avoine, ça lui donne un goût de noisette. La tasse me brûle légèrement les doigts, j'aime le boire chaud. Dehors, les cloches de l'église s'envolent et, dans le grand pin, la pie ricane, sorcière. Dans la vieille malle du salon, je prends un bâton de sauge blanche. J'allume une bougie et plonge les feuilles séchées dans la flamme jusqu'à ce qu'une épaisse fumée grise s'en échappe. Je fais le tour de l'appartement, les chambres, la salle de bains, même les toilettes. Des cendres volent, parfois des escarbilles s'échappent. L'odeur est âcre. Je la laisse imprégner les pièces du sol au plafond. J'ouvre ensuite les fenêtres, en grand. J'imagine nos prises de tête, nos prises de bec s'envoler avec la fumée du bâton de sauge.

En fin de journée, je mets quelques affaires dans un *tote bag*. Je prends mon vélo jusqu'au RER, et je retrouve Simon pour une soirée en amoureux à Paris.

En 2015, j'ai adopté un chat.

En 2016, j'ai eu mon premier orgasme avec un *sex toy*.

En 2017, j'ai découvert le yoga.

En 2018, j'ai divorcé, déménagé, rencontré Simon.

En 2019, j'ai fait un *burn-out* et démissionné d'un grand groupe de médias français.

En 2020, mon père est mort d'un cancer en quelques mois.

En 2021, ma fille aînée a fugué.

En 2022, j'ai commencé à écrire.

27 novembre 2021 – 10 heures

Je me lève sans bruit et rejoins Simon devant le poêle. Il vient d'allumer un feu. Les flammes rougissent son visage. Il a les yeux fermés, la bouche entrouverte. Je m'assois en tailleur à côté de lui sur le zafu bordeaux, le sien est moutarde. Je ferme les yeux à mon tour et écoute les bûches crépiter. Nous restons sans bouger, loin de l'agitation de notre semaine, nos corps à l'unisson guidés par la chanson du feu.

Simon m'a initiée à la méditation quelques semaines après notre rencontre. J'animais une conférence à laquelle il était invité. Une amie commune nous a présentés. Nous nous sommes plu, attirés l'un vers l'autre, sans vraiment savoir pourquoi, sans vraiment savoir comment. Nous avons suivi ce mouvement qui nous amenait à cheminer ensemble. C'était soudain, c'était déroutant. J'avais quitté le père de mes filles quelques mois avant. Je pensais rester seule, longtemps. Je voyais mes copines divorcées enchaîner les relations d'un soir sur les applications de rencontre. Ça me dépassait totalement. Je savais que j'en étais incapable, je m'étais fait une raison. La vie m'a fait un clin d'œil. Je lui ai souri.

Un son de bol tibétain emplit la pièce. Dans le poêle, une bûche s'affaisse sous la morsure des flammes. Nous nous étirons, nos corps engourdis par l'immobilité prolongée. Dehors il fait froid, il ne pleut pas encore. Nous montons place de la Contrescarpe boire un café. Je m'offre un croissant. Nous flânons main dans la main dans le quartier latin à la recherche d'un cadeau pour la mère de Simon, qui fête ses 80 ans demain. Je suis heureuse.

Heureuse, mais pas tout à fait tranquille. Un sentiment de culpabilité familier grandit dans ma poitrine. J'envoie un message à Gabrielle. Elle a promis d'aller visiter un salon d'orientation à la Porte de Versailles. Son père travaille et ne peut pas l'accompagner. Je veux profiter de mon samedi.

Gabrielle

Gabrielle déteste les week-ends. Elle déteste sa vie, déteste son père, déteste sa mère, déteste avoir 14 ans, déteste ne pas avoir le droit de sortir. Elle veut vivre, danser, s'amuser, s'éclater. Elle est amoureuse d'un garçon rencontré sur Instagram, un copain d'un copain. Gabriel, comme elle. Avec un seul l. Un signe. Sa mère lui avait dit qu'elle rencontrerait un garçon qui aurait le même prénom. Comme ses grands-parents. Ils signaient *les Claudes* sur les cartes postales de la côte basque qu'ils envoyaient tous les étés. Elle imagine sa vie avec Gabriel, tous les deux dans un petit studio à Paris. Dans quelques mois, elle aura 15 ans, l'âge de la majorité sexuelle.

Ce soir il y a une fête. Gabriel y sera, elle voudrait bien y être aussi. Elle reçoit un SMS de sa mère. Léa lui rappelle qu'elle doit se rendre à un salon d'orientation Porte de Versailles. Elle n'a pas envie d'y aller seule, mais son père travaille et Léa est avec Simon. Elle a la flemme alors elle ment. Elle tape *oui maman* pour être tranquille, et tout s'enchaîne dans sa tête.

Elle a toujours rêvé de fuguer. À 7 ans, avec une gamine de sa classe un peu trop grande comme elle, elles ont échafaudé un plan. Aller vivre sous un saule pleureur dans le bois de Boulogne. À chaque fois qu'elle passait devant en voiture avec Léa, elle s'écriait : *C'est mon arbre. J'adore cet endroit.* Elles seraient parties de nuit évidemment, en stop. Elles avaient commencé à stocker de la nourriture en prévision du grand départ. C'est comme ça que Léa l'a démasquée. Quand elle a trouvé les bananes pourries et le chocolat fondu derrière le radiateur de sa chambre.

Partir donc. D'un coup, ça lui semble évident. Gabrielle ne tergiverse pas, ne pèse pas le pour et le contre, ouvre un tiroir de son bureau, fouille et trouve un vieux bloc de papier à lettres. De simples feuilles blanches lignées, un cadeau de sa mère pour écrire des lettres aux grands-parents en colo. Elle s'assoit sur son lit – son bureau n'est jamais rangé – et écrit : *Bon désolé, mais je peux plus rester, je m'en vais. Je veux pas revenir ou au moins faire une pause, j'étais pas bien ces derniers temps donc je suis partie. Je suis en sécurité, et si je dois revenir, je veux le faire par moi-même. N'essayez pas de me trouver, c'est inutile, personne ne sais où j'irais et ou je suis, je suis seule et j'en ai besoin donc pour une fois respecté mon choix. Ces derniers temps, je pète les plombs et c'est pour pas faire de conneries encore plus importante que je m'éloigne. J'espère que vous comprenez et que vous m'aimerais toujours après ça. Je crois que c'est tout. Désolée, je vous aimes tous.*

Elle écrit d'un seul jet, sans paragraphe, d'une traite, sans rature, sans brouillon, sans se relire. Les mots sortent tout seuls, ils tournent dans sa tête depuis si longtemps. Elle ne pleure pas, n'a pas peur, ne voit pas d'autre solution.

Elle pense être rassurante, ne veut pas les inquiéter. Elle n'imagine pas qu'ils vont aller à la police. Elle ne pense pas faire une fugue, elle part. C'est tout.

Elle plie la feuille en deux, écrit *à tout le monde* et dessine un smiley qui sourit. Elle pose le papier sur la commode de sa chambre, se retourne pour vérifier, de la porte on le voit bien. Elle envoie un dernier SMS à Léa à 17 h 16. *Bisous maman je t'aime fort.* Dans un vieux sac de sport, elle met un hamac de camping, des pansements, du désinfectant, un ensemble de lingerie rouge en dentelle, des préservatifs, un briquet, une frontale, des bougies, une mini enceinte et son téléphone.

Gabrielle inspecte une dernière fois le contenu de son sac. Elle hésite, remonte chercher son doudou. Elle aime le contact rugueux de la peluche sur sa lèvre, son odeur rance. Ça l'aide à s'endormir. Elle le glisse dans le sac de sport et claque la porte. Elle ne peut plus faire demi-tour, elle a laissé ses clés sur la console de l'entrée. Elle sent une excitation monter. Elle court presque dans l'allée, éclate de rire, n'en revient pas. Elle a osé. Elle part le rejoindre. Dans sa poche, elle fait rouler les pièces qu'elle a volées dans le porte-monnaie de Lola. Elle se persuade que sa sœur ne lui en voudra pas. Elle a quelques courses à faire.

Elle entre dans la galerie marchande du Leclerc en baissant la tête. Pourvu qu'elle ne croise pas d'amis de son père ou de sa mère. Des familles entières font la queue aux caisses avec leur chariot qui déborde. Elle zigzague dans la foule jusqu'au rayon des bonbons. Elle prend trois sachets de bicolores qui piquent, ses préférés. Elle se dirige ensuite vers le rayon « cuisine du monde » et attrape deux paquets de tortillas de blé. Elle adore ça, les mange avec un peu de gruyère râpé. D'ailleurs, elle a encore assez de monnaie pour en prendre un sachet. Reste les boissons. Elle choisit quatre canettes de Monster, deux jaunes goût ananas et deux roses mélange pamplemousse, goyave, fraise. Son panier à la main, elle opte pour les caisses automatiques, hésite à ne pas scanner tous les produits, mais ce n'est pas le moment de se faire remarquer. Elle glisse les pièces dans la fente, récupère ses achats et sort dans la rue. Elle a de la chance, le bus arrive. Elle agite la main à l'intention du chauffeur et monte.

Quinze minutes plus tard, Gabrielle est sur le quai du RER. Son sac pèse sur son épaule. Dans son casque, Billie Eilish chante *I'm happier than ever*. Elle a l'habitude d'aller seule à Paris. Souvent elle s'arrête à Charles-de-Gaulle-Étoile pour prendre la ligne 2 du métro en direction de Montmartre et du marché Saint-Pierre où elle achète du tissu pour coudre ses habits. Il lui arrive aussi de descendre à Châtelet pour faire les boutiques aux Halles. C'est là, en haut des escalators, sous la canopée, qu'elle lui donne rendez-vous. À chaque fois qu'elle l'aperçoit dans son manteau en cuir noir, silhouette longiligne et cheveux longs, elle sent son cœur se serrer. Elle frissonne quand il l'attrape par la nuque avec ses bagues pour l'embrasser, l'haleine chargée de tabac froid. Elle ne lui a pas dit qu'elle venait le rejoindre. Elle veut lui faire la surprise.

Dans le RER, elle s'assoit en bas près de la fenêtre. Elle aime voir le paysage et les pavillons de banlieue défiler, puis le train plonger sous terre à Nanterre-Préfecture.

Comme elle dans quelques heures. Elle vérifie son itinéraire sur Citymapper. À Châtelet, elle change de quai, prend le B en direction de Robinson Saint-Rémy-lès-Chevreuse. Dans le train, elle reste debout, elle n'a que deux arrêts jusqu'à Luxembourg. Devant les jardins du Sénat, elle remonte la rue Soufflot, contourne le Panthéon par la droite et arrive place de l'Estrapade. Elle reconnaît le restaurant de la série *Emily in Paris*. La plaque d'égout est un peu plus loin. Maintenant il faut attendre, être prête le moment venu, quand des habitués soulèveront la fonte et dégageront le passage. C'est par là que Gabriel l'a emmenée la première fois. Elle se souvient du boyau vertical avec les échelons rouillés. Elle avait juste eu la place d'y glisser son corps. Elle l'avait suivi dans un couloir avec des fils partout. Puis il y avait eu un trou et une première galerie. Elle avait eu peur. Cette nuit-là, elle avait fait croire à sa mère qu'elle dormait chez Sofia. Elles sont copines depuis la 6e. Léa n'avait rien dit. Elle s'était juste étonnée, le lendemain, de la boue sur son pantalon. Elle avait répondu qu'elles avaient passé la soirée à regarder les étoiles, allongées dans le jardin des parents de Sofia. Sa mère ne s'était doutée de rien.

Elle demande une cigarette à une grand-mère qui promène un dogue allemand. La femme et le chien ont pratiquement la même taille, elle pourrait monter dessus à califourchon. La scène amuse Gabrielle. Elle fume sa clope sur un banc en espérant qu'il ne va pas pleuvoir. La cigarette réchauffe ses phalanges au bout des mitaines.

Léa

Je suis allée deux fois dans les catacombes, mais je suis toujours passée par l'entrée principale, celle des touristes, à côté du lion de la place Denfert-Rochereau.

La première fois, c'était au début de ma carrière de journaliste. Je réalisais un reportage et j'avais eu droit à une visite privée dans les pas du conservateur. Il avait une haleine fétide, j'avais fait les interviews en apnée.

La seconde fois, c'était avec Gabrielle. Elle avait 10 ans. La file d'attente faisait le tour du bâtiment, trois heures de queue. Nous avions failli faire demi-tour mais c'était trop bête d'être venues jusqu'ici pour rien. J'avais présenté ma carte de presse. Le vigile, empressé, nous avait fait entrer. Elle n'en revenait pas d'avoir doublé tout le monde. Nous avions ri en descendant les cent trente marches de l'escalier en colimaçon. Dans les galeries interminables, nous avions joué à nous faire peur. Je l'avais prise en photo devant les rangées de tibias et sous l'inscription *Arrête, c'est ici l'empire de la mort.* À la sortie, la lumière du jour nous avait éblouies.

Il n'y a pas eu de troisième fois. À part dans mon imagination. Plusieurs fois, j'ai pensé refaire son parcours, pour comprendre. Descendre comme elle par une plaque d'égout, m'enfoncer sous terre, avancer dans la boue, ressentir la peur, l'excitation, m'affranchir des codes, dépasser les interdits. Mais je n'ai pas osé. Je me suis contentée de lire des blogs sur internet, des récits d'expériences plus ou moins dangereuses comme *La nuit où j'ai failli mourir asphyxié dans les catacombes*.

J'ai toujours été une enfant sage. Je n'ai jamais écrit d'anti-sèches, je traverse sur les passages cloutés, je paye mes impôts. J'ai longtemps cru que seuls les premiers de la classe réussissaient, jusqu'au jour où je me suis demandé ce que faisaient tous les autres. Un soir à un dîner, quelqu'un a demandé *racontez votre plus grosse bêtise*. Je me suis concentrée très fort sur mon pavé de saumon sauce hollandaise en espérant qu'on allait oublier ma présence. J'aurais dû inventer quelque chose.

Il y a bien une fois où j'ai failli me retrouver au poste. Je venais de rencontrer Simon. Je voulais qu'il soit fier de moi, je n'ai pas osé dire non, je l'ai suivi. Nous avons escaladé les grilles de protection du chantier de la cathédrale de Bordeaux. J'étais dans une sorte de transe, je m'attendais à tout moment à ce qu'une alarme se déclenche et que les flics débarquent. Nous avons grimpé les échelles des échafaudages, le plus vite possible, et nous avons atteint les coursives. Là, nous étions tranquilles. Émus, impressionnés, timides. La lune était pleine. Nous nous sommes assis pour regarder la ville. Il y avait une statue à ma droite. J'ai caressé la pierre en imaginant le ciseau du sculpteur dessiner son œil. Je me suis demandé depuis combien de siècles un humain ne l'avait pas regardée dans les yeux.

27 novembre 2021 – 20 heures

Simon lève son verre pour trinquer et plante ses yeux dans les miens avant d'entrechoquer nos coupes. Son côté superstitieux m'amuse. Je le surprends parfois à retourner discrètement le pain sur la table du repas. Ça fait entrer le diable dans la maison, lui disait sa grand-mère. Ils étaient très proches. Ils vivaient tous ensemble dans une maison fleurie sur les bords de Seine. Ses parents y habitent toujours. C'est là qu'aura lieu la fête d'anniversaire demain midi. Nous avons poussé les meubles du salon et, pour nous remercier, son père a débouché une bouteille de champagne. Du Ruinart blanc de blancs. Ils ne font pas les choses à moitié dans la famille.

La sonnerie répétée de mon téléphone brouille la quiétude du moment. Je fouille, cherche, trouve, trop tard. Nouvelle sonnerie, c'est sûrement Lola. Quand elle veut me joindre, elle appelle et rappelle jusqu'à ce que je décroche. J'ai parfois dix appels en absence. Je réponds sans me presser, légèrement agacée. Sa voix est calme, trop calme. *Gabrielle est chez toi ?* Je ne comprends pas. Gabrielle est censée être chez son père. Lola m'apprend qu'elle n'est pas encore rentrée. Je me persuade qu'elle a été retardée dans les transports en rentrant du salon d'orientation. Je tente de la joindre mais tombe directement sur sa messagerie. J'imagine qu'elle n'a plus de batterie, mais la situation commence à me tracasser et les bulles du Ruinart n'y peuvent rien. Le charme est rompu.

J'attends quelques minutes avant de lui envoyer un message. *Où es-tu ? Donne de tes nouvelles.* Je fixe l'écran en attendant, en vain, une réponse. Simon me dit de ne pas m'inquiéter. Il tente de me prendre dans ses bras pour me réconforter, mais je le repousse, presque violemment. Je suis saisie d'un pressentiment et une boule d'angoisse m'envahit. *Y'a un truc qui va pas.* Je finis ma coupe d'un trait, m'excuse rapidement auprès des parents de Simon et sors dans la rue. Mon téléphone sonne à nouveau, Lola encore. *Elle est partie. Elle est partie. Je vous l'avais dit. Elle est partie.* Je ne comprends rien, je n'entends qu'une bouillie de mots. Lola explique avoir trouvé une lettre de Gabrielle. Elle hurle dans le téléphone, elle hurle sa détresse, elle hurle sa colère, elle hurle sa peur. Je ne l'ai jamais entendue comme ça.

Je suis comme une idiote au milieu de la rue, le téléphone coincé entre mon épaule et mon oreille. Je cherche mes clés de voiture. Je cherche mes mots aussi. Mes clés de voiture sont tombées dans la doublure de mon manteau. La poche de droite est trouée à force de mettre les clés dedans. Mes mots, eux, je ne sais pas. Tombés. Envolés. Balayés. Avalés. Aspirés. Écrasés. Mélangés. Arrachés.

Je commence mille phrases dans ma tête, n'arrive à en prononcer aucune. Comment la rassurer ? Alors que je suis moi-même en train de sombrer ? Que je lutte contre un sentiment d'urgence qui monte comme une marée, rapide, inexorable. Que je sens la panique m'envahir. Que je vois le gouffre s'entrouvrir avec la certitude d'y plonger.

Elle est partie. Elle est partie. Elle dit de pas la chercher. Je gagne du temps. Je balbutie des mots. Des bancals, des banals, des qui font pas trop mal. Je les répète le plus calmement possible, le plus doucement possible. Pour elle. Pour moi. Ils sonnent comme une comptine, forment une ronde, dansent dans la nuit. Ils m'ancrent au sol, me redonnent ma puissance. Ils la bercent. Elle se calme, renifle un peu puis se tait. Elle a compris que je suis là, que je vais faire ce qu'il faut, qu'elle peut me faire confiance. *Je viens chercher la lettre, j'arrive.*

Gabrielle marchait à peine quand nous sommes allées pour la première fois à la bibliothèque municipale. La date est un peu effacée sur sa carte, mais on peut encore la déchiffrer. Les années s'y succèdent au fil des réinscriptions jusqu'à ses 12 ans. Ensuite elle a cessé de lire.

Nous nous installions sur les poufs du coin enfant et je la laissais choisir, moitié rampant, moitié marchant, les albums qui l'attiraient. Nous feuilletions ensemble les pages colorées et je lui lisais les histoires d'une voix douce. Les mots nous berçaient. Je sentais son corps tiède s'alourdir contre ma poitrine. Ses boucles blondes me chatouillaient le menton. Nous étions en sécurité dans cet univers de contes. Les monstres ne nous faisaient pas peur, même quand je prenais ma grosse voix en respirant fort.

Ma mère avait gardé mes livres d'adolescente. Je lui en ai lu quelques-uns et puis elle n'a plus voulu. *Les quatre filles du docteur March* et *Sa majesté des mouches* sont restés dans ma bibliothèque. C'est mon premier renoncement – je pourrais dire échec – de ne pas lui avoir transmis le plaisir de la lecture.

Il y a des livres partout chez moi. Sur les étagères, au pied du lit, en vrac sur la table basse. Quand j'ai quitté le père de mes filles, nous avons mis plusieurs mois à vendre notre appartement. Pendant cette longue et difficile cohabitation, j'ai fantasmé mon nouveau chez-moi. Une image revenait. Toujours la même, comme la promesse du bonheur. L'image d'un fauteuil Chesterfield éclairé par une lampe de banquier avec sur l'accoudoir, plié, un plaid écossais et au sol une pile de livres. C'est dans l'une de ces piles que j'ai retrouvé un livre que j'avais acheté il y a longtemps. Un livre de Patrick Modiano, *Dora Bruder*, conseillé par François Busnel dans un podcast littéraire. J'avais décroché au bout de quelques pages et l'avais oublié là. D'autres étaient venus se superposer.

Qu'est-ce qui a poussé ma main à aller le chercher ce jour-là ? Aucune difficulté de lecture cette fois, mise à part une impression de déjà vu dans le premier chapitre. Et puis l'étonnement. Ce livre raconte une fugue. C'est le mot qu'emploie Patrick Modiano. La fugue d'une jeune fille juive de 15 ans traquée par la police française dans le Paris de l'Occupation. L'écrivain commence son récit par la découverte d'un avis de disparition dans un vieux journal, le *Paris-Soir* du 31 décembre 1941. Il raconte ses recherches pour retracer le parcours de la jeune fille, puis il évoque sa propre fugue, au même âge, en janvier 1960. À une époque, précise-t-il, *qui n'avait pas la noirceur de décembre 1941*. Mais il voit un point commun entre sa fugue et celle de Dora Bruder : *l'hiver.* Il écrit : *Il semble que ce qui vous pousse brusquement à la fugue, ce soit un jour de froid et de grisaille qui vous rend encore plus vive la solitude et vous fait sentir encore plus fort qu'un étau se resserre.*

Ce n'était pas encore l'hiver, mais il faisait déjà froid et gris ce 27 novembre 2021. Je sais, la météo ne suffit pas à expliquer une fugue. Mais il est plus difficile d'imaginer sa fille en proie à la solitude, le cœur pris dans un étau qui se resserre.

Il y a mille et une raisons de fuguer. Parce que tu ne t'entends plus avec tes parents. Parce que tu t'es disputée avec eux. Parce que tu ne supportes plus d'obéir à leurs règles. Parce que tu en as marre de mettre la table, faire tes devoirs, débarrasser les assiettes, te laver les dents, prendre ta douche, mettre tes chaussettes au sale. Parce que tu veux faire ce que tu veux quand tu veux. Parce que tu n'en peux plus de te réveiller à 6 h 40 pour aller au lycée. Parce que tu te crois plus forte que tout le monde. Parce que tu ne veux pas finir comme ces vieux cons. Parce qu'ils n'ont rien compris. Parce que tu rêves d'aventure. Parce que tu veux vivre seule dans la forêt. Parce que tu es amoureuse. Parce qu'un garçon t'a dit *chiche* et que tu ne veux pas le décevoir. Parce que tu trouves ta vie nulle. Parce que c'est mieux dans les séries et les films. Parce que tu es tout le temps triste. Parce que tu en as marre qu'ils s'inquiètent. Parce que tu as envie de mourir seule dans un coin. Parce que tu veux fumer dans ton lit. Parce que tu as envie de rester sous ta couette toute la journée sans qu'ils viennent dix fois demander si ça va. Parce que tu ne sais plus comment faire pour qu'ils soient fiers de toi.

Parce que tu lis de la déception dans leurs yeux quand ils te regardent. Parce que tu feras jamais aussi bien qu'eux. Parce que tu es grosse et moche. Parce que tu n'en as rien à foutre de passer ton bac. Parce que tu veux fuir le chemin tout tracé. Parce que tu aspires à plus. Parce que tu es formidable. Parce que tu veux être riche. Parce que tu veux vivre au Brésil et vendre des cocktails à Ipanema. Parce qu'ils préfèrent ta petite sœur. Parce que tu dois manger cinq fruits et légumes par jour. Parce que tu veux te démonter la tête à la vodka. Parce que tu veux oublier tes souffrances. Parce que tu veux que ton cerveau arrête de penser. Parce que tu n'en peux plus de vouloir te taper la tête contre les murs. Parce que tu veux aller en soirée électro dans les catacombes et qu'ils vont dire non.

27 novembre 2021 – 20 h 30

Je n'aime pas dire « mon ex ». J'avais des ex à 15 ans, pas à 40 ans. J'ai mis du temps à trouver la bonne formulation. Jusqu'à entendre un ami, lui aussi divorcé, parler de « la mère de ses enfants ». Je me suis dit, c'est ça. Il n'est plus mon mari, nous n'avons plus de relations amoureuses, mais il est et restera « le père de mes filles ». C'est donc vers la maison du père de mes filles que je conduis après avoir raccroché avec Lola. Je n'y suis jamais entrée. J'ai vu leur chambre en photo. J'ai fini par me faire une raison. Les rares fois où je dépose Gabrielle et Lola chez leur père, je tourne au croisement juste avant et elles terminent à pied.

Ce soir, pour la première fois, je ne tourne pas au croisement. Je m'engage dans l'allée qui mène à leur maison. Simon est avec moi. Je me gare à côté d'un break familial. Sensation d'étrange. Lola nous guettait. Elle ouvre la porte et se jette dans mes bras. Je la serre fort, pose mes mains sur ses joues et l'embrasse sur le front. Elle semble avoir retrouvé la maîtrise d'elle-même. Elle est très forte pour ça, trop forte sans doute. Elle vient d'avoir 12 ans, le 24 novembre. Ils devaient fêter son anniversaire ce soir. Elle ne le dit pas mais elle est déçue. Elle en veut à Gabrielle d'avoir choisi ce jour-là pour partir, d'avoir encore une fois tiré la couverture à elle.

Emma, la baby-sitter, nous invite à entrer. Nous nous serrons tous les quatre dans le petit vestibule. Lola ne lâche pas ma main. Je jette un œil par-dessus son épaule. Je reconnais le meuble télé de notre ancien salon. Du linge sèche sur un tancarville derrière un canapé moutarde. Le nôtre était gris, c'est moi qui l'ai gardé. Je cligne des yeux, tourne la tête vers Emma et lui demande la lettre. Elle me tend une feuille de papier pliée en deux. Je l'ouvre et lis. *Bon désolé, mais je peux plus rester, je m'en vais. Je veux pas revenir ou au moins faire une pause, j'étais pas bien ces derniers temps donc je suis partie. Je suis en sécurité, et si je dois revenir, je veux le faire par moi-même. N'essayez pas de me trouver, c'est inutile, personne ne sais où j'irais et ou je suis, je suis seule et j'en ai besoin donc pour une fois respecté mon choix. Ces derniers temps, je pète les plombs et c'est pour pas faire de conneries encore plus importante que je m'éloigne. J'espère que vous comprenez et que vous m'aimerais toujours après ça. Je crois que c'est tout. Désolée, je vous aimes tous.* Les mots dansent, s'échappent, se refusent. Je lis sans comprendre, choquée. Choquée par les fautes d'orthographe.

Je relève la tête. Emma parle avec Simon. *Elle est partie seule au salon d'orientation. Elle devait revenir en bus avec le 258. Elle doit avoir ses Converse rouges, ce sont les seules qui manquent.* Lola l'interrompt. *Elle est peut-être avec son copain.* Nous nous figeons dans le petit vestibule. *Qu'est-ce que tu dis?* Lola répète plus lentement. *Elle est peut-être avec son copain, tu sais, son amoureux, celui qui travaille au* Procope.

Lola a une fâcheuse tendance à s'occuper des affaires des autres, en particulier de celles de sa sœur. Elle entend tout, voit tout, retient tout, ce qui est à la fois fascinant et agaçant. En attendant, elle vient de nous donner une piste et toute fière, elle ajoute *il s'appelle Gabriel.*

C'est drôle. J'ai souvent dit à Gabrielle qu'elle rencontrerait un garçon qui s'appellerait comme elle. Comme mes parents, Claude tous les deux. Elle avait commencé à me parler de ce garçon. Elle m'avait dit qu'il avait 16 ans et qu'il était en première dans son lycée. Je n'avais pas posé plus de questions, la laissant libre de dire ou pas, mais je l'avais sentie amoureuse. Premier coup de cœur, celui qui donne des ailes, des envies de liberté, des envies de tout plaquer. *Toi et moi, seuls au monde, plus forts que les autres.*

Quelques jours après, elle m'a avoué que Gabriel n'avait pas 16 mais 18 ans – *Tu dis rien à Papa* – qu'il n'était pas en première – *Promis, hein!* – qu'il habitait dans une ville qu'elle ne connaissait pas, qu'elle l'avait rencontré sur Instagram, qu'il n'avait pas le bac, qu'il tentait l'hôtellerie, et comme Lola l'avait si bien retenu, qu'il était en alternance au *Procope.* J'avais serré les dents et leur avais fait une leçon d'histoire. Le *Procope* était le plus ancien café de Paris à Saint-Germain-des-Prés et était fréquenté par Rousseau, Diderot et Verlaine au siècle des Lumières.

J'aurais sans doute préféré que Gabrielle tombe amoureuse du premier de sa classe, fils de famille bourgeoise de l'ouest parisien, pré-disposé à entrer dans une grande école et promis à un avenir brillant. Quoique… j'avais rejeté ces clichés. Victime moi-même, corsetée, cadenassée, toujours apprêtée à la sortie de l'école. Chic mais *cool.* Trench Burberry, jeans *boyfriend* et Converse blanches. Jolies boucles soyeuses, *c'est naturel,* sourire en cul de poule sur lèvres légèrement glossées dans le rétroviseur du 4x4 SUV mal garé sur le trottoir. Sportive et *slim* bien sûr. Jamais de cernes. Un super job, un mari formidable, des enfants brillants à Haut Potentiel Intellectuel, une belle maison, un jardin impeccable, barbecue et jacuzzi dernier cri. *Vous viendrez l'essayer.* Carte postale du bonheur venimeux. Pendant des années, j'avais surnagé pour tenter d'être à la hauteur, avec toujours l'impression de ne pas en être. *On a acheté une maison secondaire à La Palmyre. Cet été, on part un mois sur la côte ouest des États-Unis. L'aîné va faire ses études à Oxford. Le cadet est en summer camp au Canada.* Régulièrement je m'effondrais. Je tenais jusqu'au mois de mai, juin dans les meilleures années. Malade, épuisée. *Wonder Woman n'existe pas,* me répétait mon médecin. Un jour, j'ai fini par le croire. J'ai cessé de jouer à la mère parfaite.

Simon pose sa main sur mon épaule. *Il faut aller au commissariat et appeler le* Procope. Je fais un bisou à Lola. Emma promet de prendre soin d'elle jusqu'au retour de son père et nous quittons le petit vestibule.

Gabrielle

Place de l'Estrapade, Gabrielle commence à trouver le temps long. Ça fait deux heures qu'elle attend. Elle a papoté un moment avec la grand-mère et son dogue allemand qui revenaient de leur promenade. Elle lui a taxé une deuxième cigarette. Le dogue lui a bavé dessus. La vieille s'est excusée, lui a donné un mouchoir en papier, lui a demandé ce qu'elle faisait là à attendre toute seule sur ce banc. Gabrielle lui a fait croire qu'elle habitait juste à côté, qu'elle avait perdu ses clés, qu'elle attendait que son père rentre du travail. La grand-mère l'a invitée à prendre un thé. Elle a refusé, elle ne voulait pas les rater.

Soudain ils sont là. Deux silhouettes, sac au dos. Deux hommes, d'allure jeune. Ils ralentissent à hauteur de la bouche d'égout, la dépassent, jettent un regard circulaire, reviennent sur leurs pas, s'accroupissent. Gabrielle retient son souffle, se tasse sur son banc. Ils ne l'ont pas vue. Elle sourit dans l'obscurité naissante, impatiente. Elle observe, attentive. Elle connaît les gestes à venir, savoure cette tension au fond du ventre. Friandise. Mise en bouche. La crainte d'être vue, attrapée, empêchée.

Un reflet métallique lui pique l'œil. Un mousqueton. Ils vont soulever la plaque. L'objet se balance à quelques centimètres du sol au bout d'une corde. L'un des deux le saisit, le glisse dans la fente et tire une première fois. Un coup sec, pour assurer la prise. La corde se tend. Ils sont debout maintenant, leurs forces arc-boutées. Gabrielle entend un bruit sourd. La plaque est dégagée, reste maintenant à la faire glisser sur le trottoir, sans ameuter tout le quartier. Tirer une fois ou par à-coups successifs ? Deuxième option. L'excitation enfle, ondule, remonte par vagues. Gabrielle saisit son sac, prête à bondir. Ne pas leur laisser le choix. Dernier regard aux alentours, personne. Le premier s'assoit au bord du trou, les jambes dans le vide, tend le bras pour attraper un sac, le lâche, prend le deuxième, idem. Il se retourne, dos au vide et sa silhouette s'efface échelon par échelon. L'autre a détaché le mousqueton, l'a accroché à sa ceinture, roulé la corde et entame à son tour la descente. C'est le moment. Gabrielle se précipite, dérape sur le sable humide du square, reprend sa course. Flèche tendue vers la cible, elle ne demande pas, elle s'impose. *Salut, je viens avec vous*. La lourde plaque se referme sur elle.

Léa

Bébé, Gabrielle ressemblait à une poupée Corolle. De grands yeux bleus étonnés, la peau diaphane, des boucles blondes. Je passais mon temps et ma paye de pigiste à lui acheter des vêtements. Je n'envisageais pas de l'habiller avec des vêtements de seconde main. Je voulais du neuf, du beau, de l'inutile même. Je me souviens d'un imperméable d'été en toile blanche avec de gros boutons rouges et une fleur brodée sur la poitrine. Je l'avais acheté en solde. Il était presque trop petit. Elle y était engoncée, gênée dans ses premiers pas. Malgré tout, je demandais à sa nourrice de le lui mettre. J'aimais arriver au square et la voir avec, toute jolie, en haut du toboggan. Elle a mis fin à mon caprice en vomissant son biberon de chocolat. Je n'ai jamais réussi à nettoyer la tache, il restait une auréole jaune. L'imperméable a fini aux chiffons.

Gabrielle a décidé très tôt qu'elle s'habillerait toute seule. J'ai encouragé cette velléité d'autonomie, lectrice convaincue des livres de développement de l'enfant. J'ai vite regretté. À 4 ans, elle avait déjà une idée très précise de son style et refusait d'enfiler les vêtements que je sortais de son armoire.

Les matins se suivaient et se ressemblaient, succession de crises de nerfs et de courses contre la montre. Quand nous arrivions enfin dans sa classe de maternelle, elle portait fièrement des collants à rayures sous un short à carreaux, les cheveux ébouriffés pas coiffés. Je regardais avec envie ses petites camarades avec leurs barrettes colorées, leurs souliers vernis et leurs robes à smocks de chez Jacadi. Le soir, elle rentrait le collant troué et les chaussures râpées. Je ne comprenais pas comment elle faisait, jusqu'à ce que je la voie jouer aux poneys à quatre pattes dans la cour de récréation. J'étais excédée et amusée. Je n'aurais pas aimé qu'elle soit, comme moi, une enfant sage.

Elle a fait de l'équitation, de la natation, du dessin, de la danse classique, de la danse moderne, de la danse de salon, de l'athlétisme, du piano, de la chorale, du théâtre, du ski, du vélo, du roller, du cinéma, du tricot. Mais jamais plus d'un an.

Un jour, dans une mercerie, elle m'a suppliée de lui acheter un carré de tissu Liberty. J'ai accepté sans regarder le prix. Arrivée à la maison, elle l'a déchiqueté avec ses ciseaux crantés. Je lui ai proposé d'apprendre à coudre. Le mercredi suivant, je l'ai emmenée chez une dame âgée qui donnait des cours pour enfants dans son arrière-boutique. Elle avait un air sévère avec ses lunettes en demi-lune qui lui tombaient sur le bout du nez. Au mur, il y avait de grandes affiches expliquant les différents points de couture : le point d'arrêt, le point de bâti, le point devant, le point arrière, le point d'ourlet, le point de chausson, le point coulé… J'ai tout de suite su que ça n'irait pas et je me suis dépêchée de partir. Quand je suis revenue la chercher, elle boudait. Elle avait passé l'heure à piquer une aiguille dans un carré de tissu pour apprendre à faire des points réguliers. Elle a décrété qu'elle en savait assez et n'a plus jamais voulu en entendre parler.

27 novembre 2021 – 20 h 53

Je conduis sans réfléchir, en pilotage automatique, seule. Simon est chez moi, pour me prévenir si Gabrielle rentre. Je sais vaguement où se situe le commissariat, j'y suis allée une fois remplir une procuration pour voter à la présidentielle. Je me gare dans une petite rue adjacente. Il pleut de nouveau, une pluie fine qui ne mouille pas vraiment. Je lui offre mon visage, les yeux fermés. J'arrive devant le commissariat. L'endroit est calme, à peine éclairé par un réverbère. Plusieurs barrières empêchent de stationner trop près de l'entrée. Je les contourne, monte quelques marches et m'arrête devant la porte. J'attends quelques secondes, elle ne s'ouvre pas. Je comprends qu'il faut sonner. Je trouve un petit interphone sur la droite. *Bonsoir…* Pas besoin d'en dire plus, le double battant s'ouvre sur le hall d'entrée. Trois personnes sont assises sur des bancs en bois poussés le long des murs. Elles me regardent avancer puis retournent à leur écran de portable. Elles semblent résignées à attendre.

Je me dirige vers le comptoir d'accueil. Derrière la vitre, un policier consulte un ordinateur. Il finit par lever la tête et m'interroge du regard. Je ne sais pas quoi dire, je ne sais pas par où commencer, je n'y ai pas réfléchi. J'aurais dû quand je marchais tout à l'heure sous la pluie. Mais j'ai peur. Peur de ce que mes mots vont déclencher. Nommer, c'est rendre réel. Je pourrais faire demi-tour, rentrer chez moi et attendre qu'elle rentre. Parce qu'elle va finir par rentrer. Mais s'il lui arrive quelque chose ? Je serais responsable de ne pas avoir prévenu la police. Tout se bouscule dans ma tête. Tout va très vite. Je m'entends dire *bonsoir, ma fille a fugué.*

C'est étrange. Rien ne se passe. J'aurais pu dire *bonsoir, j'ai perdu mon chat*, la non-réaction du policier aurait été la même. J'ai dû parler trop bas. Mais je n'ai pas particulièrement envie que les trois personnes derrière moi sachent que ma fille a fugué. Je pense à la première fois où j'ai acheté des préservatifs dans une pharmacie. J'ai chuchoté, terriblement gênée. Le pharmacien n'a pas entendu ou a fait exprès de ne pas entendre. J'ai dû répéter. Le policier fait-il exprès lui aussi de ne pas entendre ? Vais-je devoir redire que ma fille a fugué ? Pourquoi est-ce qu'il n'enclenche pas la procédure d'alerte ? Dans les films, une brigade serait déjà partie, le gyrophare bleu trouant la nuit. Mais là, rien. Non, rien. Rien.

C'est étonnant comme les émotions se succèdent dans le corps. En quelques secondes, je passe de la culpabilité à la honte, et maintenant à la colère. Le policier m'a entendue. Mais il ne me croit pas. Il me prend pour une mère trop inquiète. Dans un instant, il va me dire : *Elle est chez une amie ou chez son petit copain.* Sans attendre, j'ouvre mon sac à main, sors la lettre et la glisse sous son nez. *Elle a laissé ça dans sa chambre*. Alors il lève les yeux, me considère pour la première fois, avise la feuille pliée en deux et soupire. Il prend le papier, le déplie, lit et dit : *Suivez-moi, on va prendre votre déposition.*

Pour ses 7 ans, je lui ai offert un stylo plume, un Waterman, comme celui que mon père m'a offert pour marquer mon passage à l'âge de raison. J'écris toujours avec. Gabrielle a perdu le sien.

Pour ses 10 ans, je lui ai offert une machine à coudre. J'étais contente de mon idée, le cadeau parfait. Elle en avait découpé une dans un catalogue de jouets pour sa liste, elle faisait semblant pour Lola qui croyait encore au père Noël. J'ai cherché sur des blogs de couturière, j'ai comparé les modèles et j'ai opté pour une vraie – pas une pour enfant – avec tous les accessoires : ses canettes, ses aiguilles, ses pieds, ses bobines… Le paquet était énorme. Gabrielle avait les yeux qui brillaient en déchirant le papier coloré. Elle a été surprise, a fait mine d'être contente, l'a rangée sous son bureau. L'été suivant, après un séjour chez sa grand-mère, elle l'a sortie et a pressé le bouton ON. Elle a appris à s'en servir seule. J'aurais été incapable de lui en expliquer le fonctionnement.

Pour ses 12 ans, j'ai chiné un vieux mannequin de couturière chez un brocanteur. Je l'ai installé dans sa chambre sur son pied de bois. Elle avait la même taille, et quelques mois plus tard, le même bonnet de poitrine. Du jour au lendemain, le buste de toile a été piqué d'épingles à tête de couleur. Elle s'est mise à confectionner des corsets qu'elle vendait à ses copines du collège. Elle avait sympathisé avec le patron de la retoucherie au coin de la rue. Il lui donnait des chutes de tissu et des vieux draps. Pour les armatures, j'ai eu une idée géniale. Dans mes caisses de bricolage à la cave, j'ai trouvé de vieux rouleaux de fils électriques. Elle a choisi les fils de terre, les jaunes et verts. Je suis sûre que Jean-Paul Gaultier aurait aimé l'idée.

Pour ses 13 ans, je l'ai emmenée au marché Saint-Pierre au pied de la butte Montmartre. Elle a fait le tour des trois étages, a sympathisé avec un vendeur en marinière et a choisi un tissu en fausse fourrure zèbre avec une toile de Jouy aux motifs orange et rose. Je l'ai attendue au café de la Halle Saint-Pierre sur le trottoir d'en face. Arrivée à la maison, elle s'est enfermée dans sa chambre. Interdiction de la déranger. Le lendemain matin, elle a fait fureur au collège avec son nouveau pattes d'eph' en fausse fourrure zèbre. Elle était la seule à avoir ce modèle.

27 novembre 2021 – 22 h 10

Je suis seule désormais dans le hall du commissariat. Les trois personnes présentes en début de soirée ne sont plus là. Simon a proposé de me rejoindre. Je préfère qu'il reste chez moi au cas où Gabrielle rentrerait. J'ai mal au ventre, aux yeux aussi, à force de fixer la lumière bleutée du distributeur. Le gobelet tombe, suivi d'un bruit de pisse. Je me brûle la langue, excédée. J'ai déjà ma routine. Je me lève du banc en bois, je marche vers le guichet d'accueil, je pose la question, la même : *Vous avez appelé le* Procope *?* Le policier derrière la vitre répond : *Nous allons le faire.* Je me demande : *Vous attendez quoi ?* Je marche vers le distributeur. J'hésite à prendre un cacao intense. Je choisis le café grains, sans sucre. Bruit de pisse. Je me brûle, je repars avec le gobelet, je m'assois sur le banc en bois. Je fixe la pendule ronde aux chiffres noirs sur fond blanc. J'attends et je recommence. J'en suis à mon troisième café grains. Ils n'ont toujours pas appelé le *Procope*.

Je fais défiler des messages, des photos, des copies d'écran. De son côté, Simon cherche des indices sur le compte Instagram de Gabrielle. Il m'envoie une image, celle d'un jeune homme, beau, séduisant, cheveux longs, hypnotique. Yeux bleus envoûtants, soulignés de khôl. Des bagues têtes de mort aux doigts. Un joint immense, incandescent. Des lignes blanches, cachets pilés. Des échelles, des crânes, des souterrains. Les catacombes ? Une silhouette floue, de dos, de nuit. Gabrielle ?

Je me lève du banc en bois. Je marche vers le guichet d'accueil. *Vous avez appelé le* Procope *?* Le policier derrière la vitre : *Nous allons le faire*. Quatrième café.

De mère parfaite, autoritaire et stressée, je suis devenue *hippie*. Je ne sais pas exactement ce que ce mot représentait pour mes filles de 11 et 13 ans. Je les saoulais avec *mes trucs de chamane*. Je leur parlais d'épanouissement, de chemin à tracer, de voies à ouvrir, loin des carcans imposés. Interdit d'interdire. J'ai cherché à les rendre autonomes, responsables. Pas de contrôle parental, accès aux réseaux sociaux pour l'aînée, temps d'écran limité, mais discussions sur les risques – faux profil, pédophile, ne pas donner son adresse, ne jamais aller à un rendez-vous seule. Péché d'orgueil ? Excès de confiance ? C'est sur Instagram que Gabrielle a rencontré Gabriel. Mais c'est aussi sur Instagram qu'elle a découvert les collections Haute Couture. Elle connaît les créateurs, leur style, les différentes époques, capable dans une boutique de luxe vintage de donner le millésime d'une robe, d'un chapeau ou d'un sac. *Chanel fin des années 90.* Capable de décrire la tenue des actrices au Met Gala. La première fois, j'ai entendu Met, pas Gala, j'ai cru qu'elle s'intéressait à l'art.

Quelques semaines après ses 13 ans et notre virée au marché Saint-Pierre, un ami m'a annoncé tout heureux ses fiançailles avec son amour de jeunesse. J'ai partagé sa joie, lui ai demandé de me parler d'elle. *Elle est DRH chez Dior.* Il n'a pas dit que ça, mais c'est ce que j'ai retenu avec ma respiration. J'ai attendu la fin de notre déjeuner et sur un ton badin, j'ai osé : *Tu crois qu'elle pourrait accueillir ma fille pour son stage de troisième ?*

Gabrielle a passé trois jours avec les stylistes et les couturières dans les ateliers de confection et deux jours avec les vendeurs à conseiller les clientes de la rue Montaigne. Je me demande d'où ça lui vient. Moi qui adore les semaines au ski parce qu'on est habillé tous les jours avec le même pantalon et la même veste. Il faut juste changer de sous-pull, mais j'en achète cinq pareils.

Ça aurait dû m'alerter quand elle a cessé de coudre après sa rentrée au lycée. La machine a retrouvé son coin sous le bureau au milieu des chutes de tissu en fausse fourrure zèbre. Le mannequin de couturière s'est transformé en porte-manteaux. Les murs de sa chambre se sont vidés. Décrochées les photos des magazines de mode, roulés les posters de Dior. Elle vautrée sur son lit toute la journée, la flemme de tout, même de se lever. Même de se laver.

27 novembre 2021 – 22 h 45

Vous avez une photo d'elle ? Un policier me fait face dans le hall du commissariat. Il s'apprête à partir en patrouille avec ses hommes. Tout en noir. Un brassard Police et des épaulettes de protection. Impressionnant, rassurant aussi pour la première fois de la soirée. Je lis dans ses yeux *On va la retrouver*. Je prends mon téléphone portable et fais défiler les dernières photos. Mon pouce s'active. Déroule. Encore. En vain. Je ne comprends pas. Je ne trouve pas de photo de Gabrielle. Je continue à remonter le fil, le temps en accéléré. Je prends conscience de la distance qui s'est installée entre nous. Les heures passées seule dans sa chambre, les sorties qu'elle déclinait, les repas où elle n'avait pas faim. J'ai honte soudain. Quelle mère n'a pas de photo de sa fille ? Preuve à charge ? De négligence ? J'ai chaud. Je tente de garder la face. Les photos défilent sous mon pouce. Autant de moments que je croyais heureux. Je n'ai rien vu.

Enfin. Cette photo. Le matin de la rentrée des classes, il y a trois mois. Elle sourit. Des bagues plein les dents. Des bagues plein les doigts. Elle est heureuse, semble heureuse. Elle tient devant elle une ardoise aux bords rose fluo. Dessus, elle a écrit *Seconde* avec un cœur. Une blague entre nous, un clin d'œil à nos photos d'école primaire où le chouchou de la maîtresse tenait religieusement une ardoise entre ses mains avec écrit à la craie blanche, la classe et l'année scolaire. Je me souviens. Elle avait passé des jours à choisir sa tenue pour la rentrée. J'avais eu droit à un défilé, sa garde-robe entière y était passée. Un tas informe d'habits occupait la totalité de son bureau. Je n'avais pas eu le courage de lui demander de ranger. Elle avait choisi un jeans baggy bleu ciel, un crop-top blanc et une chemise nouée sur le nombril. J'avais immortalisé l'instant et envoyé la photo à sa tante et à des copines. J'avais eu droit en retour à celle de leurs enfants. Enfants sages. Enfants modèles. Enfants fantasmés.

Je me revois avec ma queue de cheval blonde. Les cheveux délavés par le soleil et la mer. Mon Tann's bleu élimé sur les épaules, mes vêtements neufs. J'aimais la rentrée des classes. Je changeais d'école chaque année. Père fonctionnaire. Au gré de ses mutations, j'ai grandi entre l'Île-de-France et les îles plus exotiques des Dom-Tom. J'ai gardé cette énergie de la rentrée, cet espoir que l'année à venir serait plus heureuse que la précédente. On efface tout, comme sur l'ardoise et on recommence. Je listais sur la première page de mon agenda mes objectifs de l'année : embrasser un garçon, avoir une bande de potes, faire des abdos tous les matins, devenir une fille *cool* tout en restant bonne élève. J'ai eu du mal à trouver l'équation.

À quoi pensait-elle quand j'ai pris cette photo, le matin de sa rentrée en seconde ? Je croyais que nous avions passé le plus dur. Les années collège. Pas de harcèlement, des notes encore correctes, les garçons un peu. L'âme rebelle, l'envie de changer le monde, à coup de crop-tops. Rien de méchant.

Après la photo, elle était partie pressée, son sac à l'épaule. Un baiser du bout des doigts, elle avait fermé la porte. Le lycée était à dix minutes de marche. Lycée public, onze classes de seconde, autant de première et de terminale, une fourmilière. Ça ne pouvait pas convenir, elle plutôt cigale qui préfère chanter tout l'été. Après ? La fable disait vrai. La bise est venue. Elle souffle fort ce soir.

Je relève la tête. Le policier attend sans montrer d'impatience. *Cette photo ?* Il regarde, acquiesce, me tend l'adresse mail du commissariat. Je lui envoie et retourne m'asseoir sur le banc en bois. Je regarde la trotteuse égrener les secondes sur la pendule ronde. 1, 2, 3,…16, 17, 18… je compte…28, 29, 30… le tic-tac me berçe… 35, 36, 37… mon téléphone sonne. Sursaut. Le père de Gabrielle, rentré chez lui, m'annonce qu'il a eu un serveur du *Procope* au téléphone. L'employé a refusé de lui communiquer les coordonnées de Gabriel, au nom du respect de la vie privée, mais il a lâché une information inquiétante. Le jeune homme ne s'est pas présenté à son alternance depuis deux mois. Le père de

Gabrielle a insisté, l'a menacé – *Mineure. Non assistance à personne en danger* – et finalement, le serveur l'a invité à rappeler le lendemain, le temps qu'il en parle à son responsable.

Simon, lui, creuse la piste des catacombes. Il a un ami cataphile qui connaît par cœur ces galeries souterraines, ossuaire géant créé à la Révolution française pour vider les cimetières de Paris et assainir la ville. Six millions de squelettes entassés, mélangés. L'histoire là aussi est convoquée. D'illustres personnages s'y côtoient : Racine, Blaise Pascal, Lully, Robespierre, Marat… Rousseau, lui, est au Panthéon. Simon me suggère de lui envoyer la photo de Gabrielle. L'ami cataphile va poster un avis de disparition sur son profil Facebook.

Gabrielle

Salute. Gabrielle trinque, goulot à la main. Elle n'a pas l'habitude. La bière lui pique la langue, fait perler des larmes au bord de l'*eye liner.* Elle rit, heureuse, étonnée encore d'être là, d'avoir osé.

Elle a rattrapé les deux hommes avant qu'ils ne referment la plaque d'égout. Elle s'est glissée derrière eux, prenant garde à ne pas glisser sur les arceaux métalliques scellés dans la pierre. En bas, ils ne l'ont pas attendue, vexés de s'être fait surprendre par une gamine. Elle a vu le faisceau de leurs lampes s'éloigner, diminuer puis disparaître tout à fait. Étrangement, elle n'a pas eu peur. À tâtons, elle a sorti sa frontale, a passé l'élastique autour de sa tête, a hésité, prolongeant l'instant, comme si déjà le temps s'étirait. De l'index, elle a pressé le bouton. La lampe a dessiné un cône de lumière sur le sol de béton. Elle a tourné la tête, sur les murs, à droite, à gauche, en haut vers les derniers arceaux. Au-delà, son regard s'est heurté à l'obscurité. Elle a reconnu la galerie technique, la forêt de câbles qui s'enfonce dans le noir. C'est là qu'elle a prévu de l'attendre. Assise sur son sac, son casque sur les oreilles, elle a lancé sa playlist *chill* sur son téléphone et a de nouveau pressé le bouton avec son index. Noir.

Des pas ont cogné aux arceaux métalliques, là-haut. Son cœur a cogné dans sa poitrine, ici. Des rires, tout proches. Soudain le faisceau d'une lampe, une voix d'homme. *Y'a une fille*. Un deuxième. *Où ça ?* Voix plus grave, plus âgée.

Elle a mis sa main devant les yeux. Éblouie, surprise, dérangée. Le premier. *Qu'est-ce que tu fais là ?* Le deuxième. *T'es toute seule ?* Le premier encore. *T'as quel âge ?* Elle n'a pas répondu tout de suite, a attendu que ses yeux se ré-habituent à la lumière. Pour distinguer leur visage et souffler *14 ans*. Le premier. *T'as l'âge de ma fille !* Le deuxième à nouveau. *T'es toute seule ?* Les deux ensemble. *Viens avec nous !* Elle a remercié, a décliné l'invitation, expliqué qu'elle attendait quelqu'un. Ils ont voulu attendre avec elle. Le premier. *T'as de l'eau ?* Le deuxième. *C'est ta première fois ?* Elle n'a pas eu le temps de leur dire qu'elle était déjà venue, une fois, avec Gabriel et Sofia. Ils ont sorti un décapsuleur, trois bouteilles de bière. *Salute* dans un bruit de verre entrechoqué. Première gorgée, les bulles amères. Ça les a fait marrer qu'elle fasse la grimace. Ils ont vidé leur bouteille et sont repartis.

Elle est de nouveau seule, sa bière à la main. Soudain Gabriel est devant elle. Silhouette envoûtante dans le contre-jour des frontales. Silencieux, pas souriant, pas spécialement content. Silencieux décidément. Elle se lève, lui fait face. Confrontation. *Je me suis cassée de chez moi.* Lui : légère inflexion du sourcil droit, contrariété au coin des lèvres. Elle: pense à son doudou au fond de son sac.

Un pote de Gabriel brise la glace. *Arouto. Salut.* Il lui propose de les suivre. Arouto, c'est pas son prénom. C'est un pseudo, elle le sait. Elle en a pas encore, de pseudo. Plus tard, quand elle aura été initiée. Elle tape des pieds sur le sol pour chasser les fourmis qui courent dans ses veines. Déjà ils s'enfoncent dans la galerie technique, longent les câbles et stoppent devant un mur. En bas, près du sol, une ouverture étroite, une chatière. Ça porte bien son nom. Il faut y aller la tête la première, se trémousser, agiter les jambes pour progresser. Chacun son tour. *À toi.* Arouto prend son sac, l'encourage d'un clin d'œil.

Ça y est, ils y sont. Dans les catacombes, les vraies. Pas les couloirs aseptisés pour touristes en mal de sensations fortes. Ils s'engagent dans une première galerie, en file indienne. Devant, Arouto crie *Droite, gauche, trou, tête…* Dans certains passages, il faut avancer plié en deux pour ne pas se cogner. Bientôt une première salle. *Bienvenue à la Plage.* Du monde, jeunes, vieux, tous boueux. Ça trinque, ça fume, volutes bleutées en lévitation. Ça pique le nez. Ils posent leurs sacs, se font une place sur un muret en pierre. Les joints circulent. Sur la paroi couverte de tags, la vague d'Hokusai déroule son écume.

Gabriel la rejoint, s'assoit à côté d'elle, se penche, l'embrasse. Goulument. La main sur sa nuque, propriétaire. Elle se laisse envahir, ferme les yeux, fouille à son tour. Fureur, dents cognées, morsure. Mains affolées, pressantes. Le cœur s'emballe, les doigts courent, s'égarent, pincent, frottent, s'échauffent. Reprendre son souffle. Elle s'essuie la bouche dans son t-shirt, pose la tête contre son torse, sourire aux lèvres et rouge aux joues. Bercés par les conversations des uns, la musique des autres. Le temps passe et le froid de la pierre sous leurs fesses engourdit leurs corps.

Elle frissonne, s'ébroue. *On bouge?* Marre de rester plantée là. Les fourmis sont revenues. Elle veut partir explorer. Comme quand, petite, elle se perdait sur les rochers de la Côte de Granit Rose en Bretagne. Gabriel fait non de la tête. Pas envie. *Flemme.* Il plane, un joint à la main. Arouto lui tend la main. *Viens.* Saisir l'instant. Elle jette un œil par-dessus son épaule. Gabriel a fermé les yeux. Pas envie d'être triste, pas ce soir, pas maintenant, pas ici. Elle saisit la main d'Arouto, quitte la plage et celui qu'elle était venue rejoindre. La vague d'Hokusai reste figée sur la paroi.

Gauche. Droite. Ils avancent de galerie en galerie. Arouto n'hésite pas. Gabrielle repère les plaques avec des noms de rues. Les mêmes qu'en surface. Mais elle serait incapable de retrouver son chemin. Ils enjambent un puits où l'eau affleure, claire, limpide. Gabrielle a soif. *Ne bois pas!* Arouto lui explique que l'eau est polluée par le plomb des anciens câbles PTT. Il lève haut sa lampe acétylène. La lumière blanche illumine et réchauffe. Rien à voir avec le rayon limité de sa frontale. La main d'Arouto aussi est chaude. Ils marchent en silence, explorent plusieurs salles, évitent un ossuaire, tibias et crânes pêle-mêle, tombent sur un château sculpté dans le calcaire. Plus loin, une gargouille la regarde de son œil figé. *On arrive bientôt.* Elle ne sait pas où, elle lui fait confiance.

Au détour d'une galerie, un grondement enfle. Profond, prenant, percutant. Elle ne comprend pas tout de suite, s'arrête, écoute. La main sur la paroi, elle croit que son cœur s'emballe. Battements sourds sous les doigts, sous les pieds, martelés, amplifiés, répercutés par la pierre. Quelque chose dans l'air s'est changé, chargé, épaissi. Ils approchent. L'humidité est presque palpable. Un escalier en colimaçon. Ne pas glisser. Dernière marche. Lever les yeux. Excitation, jubilation. Ils débouchent dans une salle basse percée d'un pilier central. Des bougies partout, un *sound system*, un DJ aux platines. Et des dizaines de danseurs qui foulent le sable en rythme. Gabrielle plonge dans la masse. Extatique. Le corps débordé. Transcendée, vivante.

Léa

27 novembre 2021 – 23 h 55

Je sors du commissariat. *Ça ne sert à rien de rester. On vous appellera demain matin.* Je suis sonnée. Pour la première fois depuis quatorze ans, je ne sais pas où Gabrielle va dormir. Je descends la petite rue dans la lumière froide du réverbère. La pluie s'est intensifiée. Les gouttes sont rondes et grasses. Je suis trempée en quelques pas. Je m'en aperçois dans la voiture, à cause du bruit sur le toit. Je frissonne. J'ai envie d'être seule, j'appelle Simon qui part dormir chez ses parents. Je trouve la clé dans ma poche du premier coup. Je démarre et conduis lentement jusqu'à chez moi. Arrivée au pied de l'immeuble, j'espère voir de la lumière à la fenêtre de la chambre de Gabrielle, la seule qui donne sur le boulevard. Mais tout est éteint. Je monte les trois étages à pied. Devant la porte, je reste un moment sans bouger, l'oreille attentive. Cette porte fermée est mon dernier espoir. Quand je l'aurai ouverte, quand je serai entrée dans l'appartement, quand j'aurai allumé le plafonnier de l'entrée, quand j'aurai avancé dans le couloir sans enlever mes chaussures, quand j'aurai poussé sans bruit la porte de sa chambre pour ne pas la réveiller, quand… Son lit est vide. Elle n'est pas rentrée. Elle ne va pas rentrer. Elle va passer la nuit dehors.

J'erre dans l'appartement. Je n'ai rien mangé de la soirée mais je n'ai pas faim. Je vérifie mon téléphone. Pas de message. Pas d'appel en absence. À 00 h 42, je lui envoie un SMS : *Je peux venir te chercher où tu veux. N'hésite pas à m'appeler. Ne te mets pas en danger. Je t'aime.* Je m'assois en tailleur sur mon lit. Dehors, il tombe maintenant des trombes d'eau. Je me glisse sous la couette, j'éteins la lumière et j'écoute le bruit de la pluie, persuadée que je ne vais pas fermer l'œil de la nuit.

Gabrielle

Gabrielle a faim. Elle a perdu Arouto dans la foule des danseurs, a erré un moment, est tombée par hasard sur les deux hommes qui lui ont offert une bière en début de soirée. Elle les a suivis dans une petite salle isolée où ils ont l'habitude de finir leur nuit. Cette fois, ils trinquent au champagne dans des coupes en plastique. À nouveau la langue qui pique. Bulles plus fines, plus chic. Gabrielle bâille. *T'as faim ?* Elle fait oui de la tête. Les deux hommes ont leurs habitudes. Ils fouillent la terre du remblais, sortent un sac en plastique rose. Dedans, un réchaud à gaz et une recharge. Ils déterrent une boîte de cassoulet, *pour une prochaine fois*. Cherchent encore, trouvent un sac bleu. Dedans, une poêle. Le premier la met à chauffer, le deuxième sort un steak emballé dans du papier kraft. *Psssshiiii*. L'odeur grasse aiguise la faim. Gabrielle salive, partage ses tortillas pour patienter. Les bonbons et les canettes de Monster, elle les a finis avec Arouto. Ils mangent à tour de rôle, une bouchée chacun.

Elle sent la fatigue l'envahir. Sans prévenir. Ils lui montrent comment installer son hamac. Ils ont planté des *spits* dans la pierre, il suffit d'y crocheter les mousquetons. Gabrielle s'enveloppe dans la toile et se laisse aller au mouvement de balancier. Elle n'a aucune idée de l'heure. Elle a éteint son portable. De toute façon, on ne capte pas dans les catacombes.

Au loin, elle entend un grondement sourd. *Le métro*, dit le premier. Puis le silence. Opaque. Dense. Un. Et tac. Deux. Et tac. Trois. Et tac. Quatre. Et tac. *Vous entendez ?* Le deuxième répond. *C'est ton cœur*. Cinq. Et tac. Six. Et tac. Sept. Et tac. Huit. Et tac. Mieux que les exercices de cohérence cardiaque recommandés par Léa. Gabrielle s'endort en comptant, bercée par la musique de son propre corps.

Léa

28 novembre 2021 – 6 h 55

J'ouvre les yeux dans un sursaut. J'aspire une grande goulée d'air, comme si j'avais passé la nuit en apnée. Tout revient d'un bloc, comme un poids qu'on lâche de plusieurs étages sur la poitrine. J'attrape mon portable. Je l'ai laissé en charge toute la nuit au cas où Gabrielle appelle. Rien. Pas de message. Pas d'appel en absence. J'essaie de la joindre mais tombe directement sur son répondeur.

Étonnamment, j'ai dormi d'une traite, en écoutant le bruit de la pluie, facilement, sans lutte. Pas de réveil nocturne, pas d'insomnie. J'ai pensé que je devais prendre des forces pour la suite, que je devais avoir confiance. Comme cette nuit où j'ai cru mourir, à 16 ans, en rentrant de soirée. Assise à l'arrière d'une voiture, un copain de lycée au volant. Tout juste le permis, trop d'alcool, une petite route de campagne, trop vite. Tous les ingrédients du drame. J'avais bu aussi. Mais je gardais une conscience aiguë du danger. Je n'ai pas prié – on est plutôt athée dans la famille. J'ai regardé les étoiles et je leur ai confié nos vies. Je suis rentrée chez moi indemne.

Les autres aussi. Le lendemain, j'ai ouvert ma boîte à bijoux. Une boîte en bois marqueté, façonnée par mon grand-père ébéniste. J'ai pris ma médaille de baptême, une vierge avec une auréole, les mains jointes. Je l'ai attachée à mon cou, comme un rituel protecteur.

La boîte à bijoux est sur une étagère derrière mon bureau. Je l'ouvre délicatement. Ça fait longtemps. Ma médaille de baptême est là, sur le velours rouge qui tapisse l'intérieur de la boîte. Je la prends, la serre contre mon cœur, la passe à mon cou. Elle m'apaise immédiatement.

Je mets la table du petit déjeuner. C'est incongru. Je n'ai pas faim. Je pourrais boire un café debout dans la cuisine. Pourtant je prends le temps d'agencer les sets de table, de poser les bols au centre, les couteaux à beurre à droite, les cuillères au milieu. Ça me rassure, ça m'occupe, ça donne un semblant de normalité à ce dimanche matin. Je m'assois à ma place habituelle et me force à avaler une tartine. Pain, beurre et confiture de cerises noires.

Où est-elle ? Que fait-elle ? Je l'imagine violée dans un caniveau. Heureusement l'image reste floue. J'empêche mon cerveau d'aller plus loin. Je repousse l'hypothèse de sa mort. Je fais barrage. Je bloque. *Le pire n'est pas certain*, affirmait mon père. Ne pas dire pour ne pas rendre réel. Vite sortir. Agir pour chasser ces idées. Je prends ma douche, enfile un jean – surtout être à l'aise – pas de mascara – je ne suis pas sûre de retenir mes larmes toute la journée. Je pars marcher dans les rues encore vides du centre-ville. La pluie s'est arrêtée, le soleil brille. Ça aussi c'est incongru.

Je n'aime pas les expressions toutes faites. Elles disent sans dire. Elles effleurent. Elles se contentent. Elles généralisent. Elles impersonnel. Elles images collectives. Elles vont vite. Elles ne creusent pas. Elles ne cherchent pas. Elles banalisent. Elles font croire qu'on parle de la même chose. Elles ne racontent pas mon histoire. Elles sont fainéantes. Elles sont insensibles. Elles n'ont pas de chair. Elles n'ont pas de larmes. Elles ne réchauffent pas le cœur. Elles n'éclatent pas de rire. Elles ne grattent pas. Elles anesthésient le lecteur. Elles entretiennent la confusion. Elles ne sont pas exigeantes. Elles n'ont pas d'envies. Elles déçoivent. Elles épargnent. Elles tranquillisent. Elles se débarrassent. Elles bâclent. Elles passent à côté. Elles caquettent. Elles époussettent. Elles s'enfuient. Elles sont lâches. Elles ne font pas face. Elles confusionnent. Elles ne donnent pas de la voix. Elles ne font pas agora. Elles chuchotent. Elles minimisent. Elles imposent. Elles ne rêvent pas. Elles parlent en noir et blanc. Elles ne surprennent pas. Elles ne suspense pas. Elles ne magie pas. Elles figent. Elles ne grandissent pas. Elles ne s'adaptent pas. Elles ne clignent pas des yeux.

Elles n'accomodent pas. Elles Christian pas Cyrano. Elles ne tiradent pas du nez. Elles oublient. Elles effacent. Elles se contorsionnent. Elles se faufilent. Elles s'anguille. Elles se glissent entre les doigts. Elles ne bifurquent pas. Elles rectiligne. Elles écrasent. Elles s'assèchent. Elles assoiffent. Elles ne fontaine pas. Elles n'enchantent pas. Elles ne carillonnent pas. Elles ne claironnent pas. Elles ordonnent. Elles aboient. Elles assourdissent. Elles contredisent. Elles contrecarrent. Elles ne ressuscitent pas. Elles ne pardonnent pas. Elles vampirisent.

Bref, je n'aime pas les expressions toutes faites. Sauf une, qui dit bien la bête folle qui arrache, prélève, aggrandit le trou qui gouffre au milieu de ma poitrine. Béant, puant, sans fond, dans lequel je sombre. Chute sans fin. Corps qui rebondit et s'écorche. Pantin inerte. Je suis *rongée par l'angoisse.*

28 novembre 2021 – 9 h 10

Tout s'accélère. L'équipe de jour arrive au commissariat. Un officier de police judiciaire m'appelle. *Nous requalifions la fugue de votre fille en disparition inquiétante.* Le ton n'est plus le même. Je n'ai plus la sensation de ne pas être vue, de ne pas être entendue. Je voudrais qu'il soit moins formel. Il m'effraie avec ses procédures. Je me répète que tout va trop loin. Il me dit qu'un juge va être sollicité pour autoriser la géolocalisation du téléphone de Gabrielle. J'en déduis qu'ils ne l'ont pas fait hier soir, que jusqu'ici ils ne l'ont pas cherchée. Qu'ils ont attendu qu'elle revienne. Qu'ils n'ont pas appelé le *Procope*. Je glisse vers une zone que je ne connais pas, une zone de flou, sans repères. Une zone où tout m'échappe, où je ne contrôle rien, où je ne décide rien. Où je ne peux pas lui demander ce qu'ils ont foutu *bordel de merde* depuis douze heures, où je ne peux pas insulter l'OPJ. Où je ne peux pas me mettre à pleurer, crier, baver, me moucher, me tirer les cheveux, me griffer la peau, me laisser couler par terre, roulée en fœtus. Foutez-moi la paix, rendez-la moi. L'officier continue d'une voix égale. *La photo de Gabrielle a été diffusée dans tous les commissariats.* Les policiers en patrouille dans Paris sont donc informés de sa disparition. Ils peuvent contrôler son identité. Ils peuvent la ramener au poste. Pourvu qu'elle rentre seule. Sinon, elle repartirait.

Je me souviens de mon agacement en raccrochant. *Disparition inquiétante*. Comme si la disparition d'un enfant pouvait être autre chose qu'inquiétante. Alarmante ? Glaçante ? Affolante ? Obsédante ?

J'ai mis un an à comprendre. À taper « fugues de mineurs » dans la barre de recherche de mon navigateur. Je suis tombée sur plusieurs articles de presse datant du 25 mai. C'est la journée internationale des enfants disparus. J'ai découvert un numéro d'urgence disponible 24h/24 et 7j/7. Le 116 000, géré par l'association Droit d'Enfance. Je l'ignorais et aucun policier au commissariat n'a eu l'idée de me donner ce numéro. J'ai cliqué sur le site du ministère de l'Intérieur. J'ai appris que 43 870 disparitions de mineurs avaient été signalées en France en 2021. Dans plus de 42 000 cas, il s'agissait de « simples » fugues – qui ne donnent pas lieu à des poursuites policières ou judiciaires. Pour les 922 autres, la disparition avait été qualifiée d'inquiétante.

28 novembre 2021 – 11 heures

Je rejoins Simon chez ses parents. Je marche le long des maisons en meulière typiques de l'Île-de-France. Je croise quelques habitants qui rentrent du marché, leur cabas rempli, la baguette tradition qui dépasse. C'est un dimanche matin comme les autres. La vie s'écoule, paisiblement. Tout semble normal. Pourtant rien n'est normal. Est-ce que ces gens perçoivent mon agitation ? Est-ce qu'ils voient mon regard halluciné ? Est-ce qu'ils lisent sur mon front effrayé que ma fille n'est pas rentrée hier soir ? Est-ce qu'ils me plaignent secrètement ? Est-ce qu'ils me jugent ?

Je ne sais pas. Je ne les vois pas, ces gens. Je marche fermée dans mes pensées, à répéter d'impossibles scénarios, à me demander ce que je dois faire hormis répondre au téléphone. À chaque appel le temps s'arrête, quelques dixièmes de secondes, quelques dixièmes d'espoir. Mais non. Ce n'est pas sa photo, ce n'est pas son nom, ce n'est pas son numéro qui s'affiche sur l'écran de mon portable. C'est une amie qui emmène Lola déjeuner pour lui changer les idées. C'est Simon qui me dit de prendre mon temps, que les invités ne vont arriver qu'à midi et demi pour l'anniversaire de sa mère. C'est la meilleure amie de Gabrielle qui me promet d'une voix blanche qu'elle ne sait pas où elle est. C'est sa mère qui propose d'accueillir Gabrielle chez eux quand elle rentrera. *Si ça peut aider, n'hésitez pas.* C'est le policier qui demande si j'ai des nouvelles, mais qui n'a rien de nouveau à m'annoncer. C'est le père de Gabrielle qui a finalement obtenu le contact du père de l'autre Gabriel. Il lui a laissé un message. *Détournement de mineur. Je ne veux plus que votre fils voie ma fille.* C'est le patron du *Procope* qui l'a appelé dans la matinée pour lui donner le numéro. Il s'est excusé. Il a une fille du même âge. *J'espère que vous allez la retrouver.* J'entends la tension dans sa voix. Les mots saccadés, rapides, soufflés. Les silences à la fin des phrases, la peur qui transpire dans le téléphone. J'ai la main moite en raccrochant, des fourmis dans l'index à force de presser l'appareil contre mon oreille.

J'arrive chez les parents de Simon. Il y a du monde, l'ambiance est joyeuse, les petits-enfants et leur grand-mère confortablement installés dans le canapé du salon. Je tente de faire bonne figure, je ne veux pas gâcher la fête. Simon les a mis au courant, ils ne posent pas de questions. Un oncle me tend une coupe de Ruinart, une sœur me prend dans ses bras, un autre m'encourage du regard. Je m'assois un peu à l'écart, pour ne pas les gêner avec mon téléphone qui sonne sans arrêt. Une cousine vient me tenir compagnie. Je lui parle de Gabrielle. Elle ne la connaît pas, je lui raconte qui elle est. Elle n'a pas eu d'enfant mais elle connaît bien les adolescents, elle a été directrice de lycée. Nous échangeons des anecdotes, ça me fait du bien. Le champagne me détend malgré moi, je me prends à sourire. Et d'un coup, c'est là. Une chaleur au fond du ventre. Un flash, une onde qui se propage. C'est inexplicable, implacable. Mais je sais, je sens. Gabrielle va rentrer.

J'avais 14 ans la première fois que j'ai ressenti une telle connexion. Mon père passait la tondeuse dans le jardin, en short, claquettes et chaussettes blanches à mi-mollet. Il était habituellement très classe. *Smart*, disait-il. Il prenait soin de sa personne. La raie à droite, rasé de près ou la barbe taillée à la fin de l'été. Il aimait les vêtements de prix, de qualité, qui durent. Jeune homme, il quittait Montreuil par la ligne 9 et remontait les grands boulevards en chaussures anglaises marron glacé. Classe. Sauf quand il passait la tondeuse en short, claquettes et chaussettes blanches à mi-mollet.

Il avait fait la moitié du jardin en bandes régulières et entamait la petite butte qui menait à la piscine. En passant près du palmier planté par ma mère, il s'était mis à hurler et à sauter à cloche-pied en se tenant la cheville entre les mains. La scène était grotesque. La chaussette de droite rougissait à vue d'œil, l'affaire était grave. Je me suis levée de mon transat et j'ai failli tomber dans les pommes. La douleur était insupportable. Là, dans ma cheville droite. Je ne pouvais plus poser le pied par terre. Je ne comprenais pas ce qui se passait, pourquoi j'avais mal, alors que c'était lui qui était blessé. *Va chercher ta mère.* J'ai traversé la pelouse à moitié tondue en boitant. Ma mère arrivait dans l'autre sens avec de l'arnica et une bande. Mon père avait roulé sur une pierre et la tondeuse l'avait projetée contre sa cheville. À partir de ce jour-là, il a mis des bottes en caoutchouc. Des kakis, comme les pêcheurs. Je préférais les claquettes et les chaussettes à mi-mollet.

J'avais oublié ces bizarreries. Ces connexions qui font sentir l'autre au-delà des mots, au-delà du réel. Liens invisibles, inexpliqués, inexplicables. Jusqu'à ce moment.

Gabrielle va rentrer.

Gabrielle

Gabrielle. Gabrielle. Les mots chuchotés chatouillent son oreille. Une main chaude serre doucement son épaule. Pendant quelques secondes, Gabrielle flotte, suspendue, dans un demi-sommeil. Où est-elle ? Elle se redresse sur un coude, manque de basculer dans son hamac. Arouto la retient. Tout lui revient. La soirée, Gabriel, son baiser, la flemme, Arouto, sa main, les galeries, la danse, la musique, les deux hommes, le champagne… Arouto la presse, il l'a cherchée partout. Gabriel aussi la cherche. Tout le monde la cherche. Fin de la fête, il faut remonter. *Fait chier.*

Elle se frotte les yeux, l'index noirci de mascara. Elle détache son hamac, le fourre dans son sac, suit Arouto. Cette fois, il ne lui prend pas la main. Il marche vite, pressé. Sentiment d'urgence, pesanteur du retour dans la poitrine, pas après pas. Ils ne sont pas si loin de la chatière et de la galerie EDF. Encore quelques mètres et les voici, immuables, narquois, les arceaux métalliques. Ils savent le poids des corps à la remontée. Rien à voir avec l'allégresse de la descente. L'oubli n'a qu'un temps.

La lumière inonde le puits. Arouto a poussé la plaque de fonte. Gabrielle émerge, aveuglée, titube, reprend pied sur le trottoir. Il l'embrasse sur la joue. *Rentre chez toi. Déconne pas.* Elle rallume son portable. Cascade de notifications. Elle a trente messages en absence.

28 novembre 2021 – 13 h 43
SMS du père de Gabrielle

Les flics ont localisé son téléphone. Ils savent où elle est.

Putain, t'étais où ? Gabrielle ne répond pas. Après le départ d'Arouto, elle est retournée dans le square, place de l'Estrapade. Elle s'est assise sur le même banc et a téléphoné à Sofia. Sofia qui lui répète *T'étais où, putain !* Elle raconte. Léa l'a appelée, elle a signalé sa disparition. Les flics aussi l'ont appelée. Ils cherchent Gabriel, persuadés qu'ils sont ensemble. Lui majeur, elle mineure, il risque gros.

Gabrielle les déteste tous. Elle leur a dit de ne pas la chercher, qu'elle était en sécurité. Elle est fatiguée, a envie de pleurer. Elle est remontée mais elle a l'impression de chuter. Elle est revenue à la surface mais elle a l'impression de se noyer.

Rentre chez toi ma cocotte. Elle n'a pas vu la grand-mère arriver. La vieille lui tend un mug. Du café. Gabrielle éclate en sanglots. La vieille s'assoit à côté d'elle, la prend dans ses bras. *Pleure.* L'étreinte se prolonge, douce, réconfortante. *Picasso, assis.* Le dogue allemand tire sur sa laisse. C'est l'heure de sa promenade.

Léa

28 novembre 2021 – 13 h 57

Mon portable vibre dans ma poche. Un message de Gabrielle. *Je vais bien, je suis en sécurité, je vais rentrer. Gabriel n'est pas avec moi.* L'air pénètre à nouveau dans mes poumons. J'inspire. J'expire. Va et vient. Plusieurs fois, longtemps, profondément. Je souffle. Encore. J'évacue. L'angoisse, la peur, le stress, l'inquiétude, la culpabilité, la honte, la fatigue. L'angoisse encore.

Je relis le message. *Je vais bien, je suis en sécurité, je vais rentrer. Gabriel n'est pas avec moi.* Je ferme les yeux. Les mots dansent sous mes paupières. Je suis soulagée, mais elle n'est pas encore rentrée. Elle n'est pas encore avec moi. Elle n'est pas encore en sécurité. Je sens sa décision fragile. Je commence à lui écrire, efface mes premiers mots, les pèse un par un. Pour ne pas la brusquer, pour ne pas la faire changer d'avis. Je me contente d'un *Je suis heureuse de lire ton message.* Mais c'est plus fort que moi. J'ajoute *quand rentres-tu ? Où ?* Trop de questions déjà. Elle ne répond plus. Elle a renoué le lien, un fil ténu. J'ai peur qu'il casse. Petite chose précieuse entre mes doigts gourds.

Je retourne à table. Ils ont servi les saint-jacques. La vieille cousine me sourit, elle a compris. D'un mouvement de tête, je les rassure tous. Je bafouille *c'est bon, elle dit qu'elle va rentrer*. Tout le monde se félicite. Ça trinque. Ça dit *je le savais, j'en étais sûr, tant mieux, tout est bien qui finit bien*. Mais j'ai envie qu'ils se taisent. Tous. Comme si chaque mot m'éloignait d'elle. Superstition. Ne pas vendre la peau de l'ours. J'attrape mon verre, le vin blanc m'écœure. Je suis allergique aux fruits de mer. Je me sens naufragée, pas encore sauvée.

J'oublie de prévenir l'officier de police. Je suis seule dans cette nouvelle attente. C'est presque plus dur. Comme dans les derniers kilomètres d'un marathon, quand on se dit qu'on est presque arrivé mais qu'il faut encore maintenir son effort. Interminable. Où est-elle ? Que fait-elle ? Quand va-t-elle rentrer ?

28 novembre 2021 – 14 h 07
SMS du père de Gabrielle

Elle est boulevard Saint-Michel au niveau de la Sorbonne.

Gabrielle

Gabrielle a descendu la rue Soufflot avec la vieille et Picasso. *Merci.* Ils ont tourné à gauche, elle à droite. Elle a dépassé l'entrée du RER. Pas envie de rentrer, pas tout de suite. Elle a peur, peur de se faire engueuler. Elle marche, perdue dans ses pensées, jusqu'à la Seine. Elle s'assoit sur le parapet du quai, les jambes dans le vide et écoute ses messages. Lola, Léa, son père, Simon, Sofia : inquiets. Gabriel : furieux. Son père lui a passé un savon, les flics l'ont appelé. Il ne veut plus la voir. Trou noir.

Elle remonte le boulevard Saint-Michel, se retrouve de nouveau devant l'entrée du RER. Jamais. Elle laisse courir ses doigts le long de la grille du jardin du Luxembourg. De plus en plus vite. Ça fait mal, ça fait du bien. Au carrefour, elle envisage de traverser sans regarder. *Attention ma jolie. C'est rouge.* Une femme avec une petite fille dans une poussette lui attrape le bras et lui sourit. Le bonhomme passe au vert. Elle ne marche que sur les bandes blanches du passage piéton, enjambe le caniveau et tombe nez à nez sur une patrouille de police. Deux hommes, une femme. Gabrielle est couverte d'une boue claire pourtant ils la regardent à peine. Elle leur demande sa route. *Rue Broca s'il vous plaît.* L'un d'eux tend la main vers la rue Gay Lussac. Elle refait à l'air libre ce qu'elle a fait sous terre la nuit dernière. En haut, la rue Claude Bernard, plus bas, la rue Broca.

Léa

28 novembre 2021 – 14 h 27

On débarrasse mon assiette. Je n'ai pas touché aux saint-jacques. Je tente de m'intéresser aux conversations, à ma droite, à ma gauche. Dix fois, je crois entendre la notification d'un nouveau message. Mais rien. Le saint-pierre repart comme les saint-jacques. Je grignote un morceau de comté, les cristaux salés me piquent la langue. Arrive le gâteau, un fraisier géant couvert de bougies. Tout le monde se lève, chante *joyeux anniversaire*, applaudit, apporte les cadeaux. Toujours rien. Je n'en peux plus. Tant pis, j'écris : *Chérie, tu veux que je vienne te chercher ?* Il est 15 h 08. À 15 h 09, elle répond : *Non. Je veux pas vous voir. Il se passe quoi avec Gabriel ? Vous avez porté plainte ? J'ai 5 % de batterie donc ciao.* Je repose mon portable à côté de mon assiette, prends la petite cuillère de la main droite et entame la part de fraisier. Le gâteau a un goût salé. Les larmes coulent sur mes joues. Pragmatique, je réponds : *Va recharger ton portable dans un café.*

J'aime les cafés parisiens. Je les ai découverts après mon divorce. Une semaine sur deux sans enfant, ça laisse du temps pour flâner, ça aère la tête, ça crée de l'espace, ça libère des envies. J'ai pris le temps de m'asseoir en terrasse, d'observer les passants, d'écouter les clients, de parler avec les serveurs. Très vite, mes doigts ont trépigné. Ils avaient envie d'écrire.

Un jour d'averse, je suis entrée dans une papeterie. J'ai erré dans les rayons en attendant que la pluie cesse. C'est là que je l'ai trouvé. Mon premier Moleskine, le carnet des grands reporters et des écrivains. Je me suis fait ce cadeau. Je l'ai choisi rouge, avec une couverture souple et un ruban, rouge aussi. C'est dans ses pages que j'ai commencé à écrire.

J'ai passé encore plus de temps dans les cafés parisiens. À prendre des notes, des mots, des phrases, des rimes, des poèmes, des vers, des ambiances, des décors, des visages, des noms, des non, des envies, des dates, des anniversaires, des projets, des choses à ne pas oublier, des doutes, des conditionnels, des interrogations, des *il faut que*, des vagues à l'âme, des bobos, des rendez-vous chez le médecin, des rendez-vous chez le psy, des rendez-vous amoureux, des rendez-vous avec moi, des listes de pays à découvrir, de livres à lire, de podcasts à écouter, de pièces à voir, de films à regarder, des listes à deux, mais sans mariage ni naissance. Merci, déjà fait.

J'ai mes cafés préférés. Il y en a un près de la rue Broca. Je m'y sens chez moi. Je pousse la porte vitrée, le serveur me sourit. *Un allongé noisette et un croissant.* Je m'installe près des grandes fenêtres. Je peux observer les passants. Dehors, le ciel est bas, gris, le trottoir mouillé, la pluie pas très loin. Les habitués défilent au comptoir. Un professeur de Langues'O, l'institut des langues orientales, lit les journaux. Il a roulé son keffieh rouge et blanc autour du cou, j'ai cru qu'il l'avait oublié. À côté de la porte des toilettes, un dessinateur de BD s'isole, casque sur les oreilles. Toujours à la même table, près de l'unique prise électrique de la salle. Je dois penser à recharger mon ordinateur quand j'écris ici.

Le café est servi dans un verre de cantine sur un petit plateau argenté. Je me réchauffe les mains en le buvant à petites gorgées. Je garde le biscuit au sucre de canne pour la fin de matinée. Dans les enceintes, Eddy Mitchell chante *Couleur menthe à l'eau*. Ça me fait penser à mon père. Ensemble nous regardions « La Dernière Séance » sur FR3. Dalida, après Eddy, veut *Mourir sur scène*. Ça me fait penser à nos départs en vacances. Le père de mes filles au volant, Lola dans le siège bébé, Gabrielle enchaînant les tubes à tue-tête, les paroles par cœur. Moi annônant *Devant les projecteurs* et *En chantant jusqu'au bout*… Les kilomètres défilaient en mode karaoké. Dans le chassé-croisé des juilletistes et des aoûtiens, j'imaginais sa carrière de chanteuse. À la rentrée, elle commencerait le piano, elle pourrait entrer au conservatoire ou à la maîtrise des Hauts-de-Seine.

Au retour des vacances, je l'ai traînée au concours. L'auditorium était surchauffé, peu de pères, beaucoup de mères impatientes, comme moi, d'être fières et les enfants prêts à tout pour plaire. On a appelé son prénom. Je l'ai accompagnée dans une salle où trônait un piano qui m'a paru immense. On lui a demandé de chanter quelques notes, puis de reproduire un rythme simple. Quelques coups frappés sur une table au stylo bic. Noire, blan-che, noire, blan-che. Elle n'a pas su, n'a pas voulu. Sur le chemin du retour, je l'ai autorisée à monter à côté de moi à l'avant de la voiture. Elle semblait lointaine, le regard perdu, la tête tournée vers la vitre. J'ai tenté de la rassurer. *Ce n'est pas grave. Il y a toujours à apprendre de ses échecs*. Mon discours sonnait faux. Ce n'était pas son échec, c'était le mien. Combien de fois avons-nous rejoué cette partition ? Elle était douée. Dessin, couture, équitation… Je voulais lui ouvrir toutes les portes. Toutes celles que je n'avais pas poussées moi-même. Je m'emparais de ses rêves à défaut d'avoir osé les miens et plus je la poussais, plus elle se sabordait.

Quand elle a fugué, Gabrielle a signé sa lettre *L'enfant défaut*. Ses mots m'ont poignardée. Ils disent tout le poids de mes projections.

Gabrielle n'est pas rentrée chez moi. Elle n'est pas rentrée chez son père. Elle est rentrée chez Simon, rue Broca. Sas de décompression. Couverte d'une boue claire. Il lui a fait couler un bain, a fait tourner une lessive, lui a donné des vêtements propres. Je suis arrivée une heure après. *Elle est là-haut.*

28 novembre 2021 – 18 h 33

J'ouvre la porte. Il fait noir. Je la distingue à peine, ombre vague sous les couvertures. Je m'approche du lit, doucement. Elle ne bouge pas. Je comprends que ça va être dur, qu'il n'y aura pas de retrouvailles, de *je t'aime*, de *pardon* dans les bras l'une de l'autre. Je reste debout un long moment. Je ne dis rien, je ne sais pas quoi dire. J'ai peur, peur de ne pas dire ce qu'il faut, peur de dire ce qu'il ne faut pas. J'ai lu des conseils sur internet, sur la manière d'accueillir un adolescent après une fugue. L'importance de peser chaque mot, de ne pas faire de reproches, de se montrer compréhensif, de dire qu'on l'aime quoi qu'il arrive. Pour qu'il ne recommence pas. J'aurais dû les noter, je les ai oubliés ces conseils. J'ai envie de la serrer contre moi, de lui dire que je ne lui en veux pas, mais que je ne comprends pas et que c'est ça le plus dur.

Je me rappelle son premier câlin. Nous étions dans sa chambre, je venais de changer sa couche. Elle était debout sur la commode où était posé son matelas à langer. Nous faisions la même taille. Elle me regardait. Elle a posé sa main sur ma nuque. Je sens encore ses doigts chauds sur ma peau.

Je finis par m'asseoir au bord du lit. Trop près. Elle s'écarte, détourne la tête. Je m'allonge sur un coussin et reste sans bouger. Nous avons le temps.

Simon finit par nous appeller. Il a préparé le dîner, des spaghettis bolognaise. Il sait que Gabrielle en raffole. Nous mangeons en silence. *Slurp*. Sauce tomate aux coins des lèvres. Je ris. Rire nerveux, saccadé, secoué, entier, incontrôlé, libérateur. Gabrielle ne rit pas. Elle termine son assiette et remonte dormir dans la petite chambre. Simon ferme la porte d'entrée et glisse la clé dans sa poche. Je le regarde, étonnée. Il hausse les épaules, l'air de dire *On ne sait jamais*. Je m'approche. Il me prend dans ses bras. Pas de mots. Ses mains chaudes, apaisantes. Son souffle profond, réconfortant. Son corps massif, enveloppant. Les pieds ancrés. Rocher dans la bourrasque. Je me couche à côté de lui, les yeux ouverts dans le noir de la chambre.

Errance

Rime avec maltraitance

C'est quoi cette photo ? Putain, c'est quoi cette photo ! Pas de *bonjour*. Pas de *j'ai bien dormi*. Gabrielle déboule dans le salon. Le parquet tremble. Je pense aux voisins en télétravail. Elle brandit son portable comme une menace, me colle l'écran sous les yeux. Trop près. Je ne suis pas myope. Mouvement de recul, accommodation. Je devine la photo, celle que j'ai donnée aux policiers. Celle que l'ami cataphile de Simon a postée sur Facebook avec ces mots en lettres capitales : DISPARITION DANS LES CATACOMBES.

C'est quoi cette photo ? Celle de sa rentrée en seconde, avec ses bagues aux dents, ses bagues aux doigts et l'ardoise bordée de rose fluo. *T'aurais quand même pu trouver une autre photo !* Je reste sans voix. Sidérée. Blessée. Je riposte : *la prochaine fois, choisis la photo et envoie-la moi avant de fuguer.* Regrets.

Nous, on n'a pas diffusé sa photo. Je la regarde sans comprendre, sans oser comprendre. Je ne veux pas comprendre, je ne peux pas comprendre. Je n'entends plus les conversations des autres tables. Je la fixe. Je peux presque voir le fil invisible tendu entre nous. J'ai peur qu'elle en dise plus, qu'elle rende réel ce qui s'insinue dans mon esprit. Je retiens ma respiration, je sens mon cœur taper. J'ai la poitrine compressée. Fort. Tellement. Comme si un doigt géant appuyait jusqu'à vouloir s'y enfoncer.

Je la connais et je ne la connais pas cette femme d'une cinquantaine d'années rencontrée l'été d'avant en Ardèche, lors d'un stage d'écriture au rythme du tambour. Pendant un week end, nous avons laissé le rationnel derrière nous pour plonger dans un univers de contes. Fées, sorcières et animaux de pouvoir nous ont guidées l'une vers l'autre. Rencontre évidente, connexion immédiate. Je vais savoir pourquoi. Je sais qu'elle a vécu un drame, qu'il s'agit de son fils. Je pense qu'il est mort. J'imagine une maladie grave. Elle en parle dans ses poèmes. C'est beau, jamais triste, toujours plein d'espoir.

Aujourd'hui je vais savoir. Là, maintenant. Mais je ne suis pas sûre de vouloir. Je murmure : *Je ne sais pas ce qui s'est passé.* Elle est surprise, pensait que je savais. *Mais non.* Alors elle raconte. Son fils déjà grand, parti un jour, en voiture, jamais revenu, porté disparu. Hypothèse du suicide, deuil impossible. Sa vie depuis avec cette incertitude.

Je crois au pouvoir des mots. Mais aucun ne m'a semblé à la hauteur. J'ai continué à la regarder. Je crois que j'ai souri. Je sais que je lui ai pris la main. La droite, à ma gauche, dans mes deux mains. Comme un oiseau. Je me suis trouvée ridicule. J'ai failli retirer mes mains, j'aurais été encore plus ridicule. J'ai laissé mes mains. Nous sommes restées longtemps, sans bouger. Elle a essuyé une larme, discrète, au coin de son œil. Le gauche. À ma droite. *Si j'avais su, jamais je ne t'aurais parlé de la fugue de ma fille.* Elle a souri, comme si je disais une énorme bêtise et a ri quand je lui ai montré la photo.

Sofia

Sofia arrive rue Broca. Elle habite à côté de la gare RER, elle y est allée à pied, a changé à Auber, puis ligne 7 jusqu'aux Gobelins. Elle n'a pas eu de mal à convaincre sa mère de ne pas aller en cours ce lundi, d'aller tenir compagnie à Gabrielle chez Simon. Elle a eu peur, très peur, de ne plus jamais la revoir. Elles se connaissent depuis le collège, se disputent chaque été, trop fusionnelles – soupape estivale – pour mieux se retrouver à la rentrée. Mais pas cette année. Sofia est dans un lycée privé. Besoin de cadre. Elle, c'est en troisième qu'elle a buggé. Mononucléose, confinement, dépression, peur des autres, pas envie de sortir de chez elle, Netflix pour la bercer la nuit.

Gabrielle était là. Avec ses tenues extravagantes, ses pattes d'eph en fausse fourrure zèbre, ses crop-tops de plus en plus décolletés à mesure que sa poitrine enflait. Doigts d'honneur au règlement. Faire chier les pions. Choquer la direction.

Gabrielle était là, avec ses playlists, une couleur par émotion. Elles ont écouté la rouge, en boucle. Fantasmes. *365 jours* et *50 nuances de Grey* piratés sur un site de streaming. La noire aussi, les soirs de vague à l'âme, en mangeant des bonbons à s'en faire vomir. Vomir, elles ont essayé, elles le font encore. Gabrielle surtout. Pour gommer les rondeurs naissantes, retrouver le ventre creux et l'espace entre les cuisses.

Gabrielle était là, *même pas peur, même pas mal*, mais fragile. Besoin d'amour. Elles se sont embrassées sur la bouche, avec la langue, ont posté la photo. Faire chier les parents. *Et si j'étais amoureuse d'une fille ?*

Sofia voit moins Gabrielle depuis la rentrée. Nouveau lycée, nouveaux amis. Elle la regarde s'éloigner, réfugiée dans la fumée des joints. Elle sert d'excuse quand Gabrielle découche. Les catacombes, elle y était la première fois, pour être avec elle. Pour le connaître, ce Gabriel dont elle lui parle sans cesse. Sympa, pas méchant, un peu paumé. Pas vraiment amoureux. Elle savait qu'il ne lui ferait pas de mal, mais se demande ce qu'ils ont fait tous les deux une nuit entière dans les catacombes. Elle a plein de questions à lui poser. Elle est contente de la revoir, de la prendre dans ses bras, de la serrer fort, de lui offrir le collier BFF, Best Friends Forever, qu'elle a fabriqué en pâte Fimo pour tromper son angoisse. Elle sonne au 10 de la rue Broca, pousse la lourde porte d'entrée et pénètre dans une cour pavée noyée sous la végétation. Des pots de terre partout, des arbustes, des plantes, un camélia en fleurs. Rouges, les préférées de sa mère. Gabrielle ouvre la porte d'un atelier d'artistes et se jette dans ses bras. Par la fenêtre de l'étage, Sofia aperçoit Léa qui les observe, le regard fatigué.

Léa

Je propose à Sofia et Gabrielle d'aller chercher un goûter à la boulangerie. J'ai envie de faire une pause. Je les ai laissées papoter tout l'après-midi dans la petite chambre, tandis que j'enchaînais les visios dans le salon en jonglant avec les SMS et les appels du père de Gabrielle. Il multiplie les démarches : psychologues, pédopsychiatres, structures d'accueil pour adolescents, centres médico-psychologiques, hôpitaux, maisons pour adolescents, cliniques privées… Toujours les mêmes réponses : *Plus de place. Pas de nouveaux patients. Délai d'attente de six mois. Pas prioritaire.* Gabrielle n'est ni suicidaire ni anorexique.

Je me sens dépassée, incapable de prendre la moindre décision, incapable de savoir comment l'aider. Tous les adolescents ne fuguent pas. Tout est flou. Je ne ressens plus rien. Je vis heure par heure, à l'affût. J'oscille entre colère, angoisse et abattement. Ma fille est devenue une étrangère.

À la boulangerie, Sofia choisit un sucre d'orge en spirales vertes et blanches et Gabrielle un bâton de guimauve torsadée rose et blanche. Elles ont la bouche qui colle, du sucre au coin des lèvres, l'œil pétillant, gamines. Gabrielle parle fort, trop fort. Excessive, elle m'agresse, me gêne. J'ai l'impression que les passants nous dévisagent.

Nous croisons la voisine de Simon. Son mari est mort la veille, d'un cancer. Elle l'a soigné et veillé chez eux jusqu'au bout. Elle me dit sa fatigue, son soulagement aussi. Je la félicite de son courage, la serre dans mes bras. *N'hésitez pas si vous avez besoin de quelque chose*. Nous nous éloignons et Gabrielle éclate d'un grand rire sonore. Sofia me regarde, ne sait pas comment réagir. Moi non plus. Je me contente de baisser la tête et d'avancer. Je me persuade que ça va passer, qu'elle va finir par redescendre, que tout va redevenir comme avant, qu'il suffit de frotter une lampe et de dire au bon génie *ramène-nous en arrière*. Mais quand ? Je ne sais pas quand elle a fumé sa première cigarette, bu son premier verre d'alcool, tiré sur son premier joint, embrassé son premier mec ou sa première copine. Tant mieux. Je n'ai pas à le savoir. C'est sa vie. Elle est entrée au lycée avec un an d'avance, le corps d'une femme et deux ans de fêtes à rattraper post-confinement. Je sentais bien qu'elle allait trop vite, trop loin. J'ai mis ces excès sur le compte des hormones et de l'adolescence. Comment distinguer les signes avant-coureurs ? C'est comme faire la différence entre le Covid et la grippe. Les symptômes sont les mêmes, au début en tout cas. Je ne sais pas quand elle a dérapé. Je n'ai pas entendu sa souffrance. J'enviais sa jeunesse, je me sentais basculer de l'autre côté. Vieille déjà. Comme si elle me disait *pousse-toi, y'a pas de place pour nous deux. C'est fini, à mon tour.* Jamais je n'aurais imaginé une fugue. *Ça n'arrive qu'aux autres.*

Nous raccompagnons Sofia au métro. Je la remercie d'être venue. *Passe le bonjour à ta mère.* Nous rentrons chez Simon. Encore un soir. J'ai peur de retourner chez moi avec Gabrielle. Nous poussons la porte du 10 rue Broca et traversons la cour pavée. Je fais chauffer de l'eau et prépare deux tasses de thé au jasmin. Gabrielle s'installe à table en face de moi et me regarde dans les yeux. Premier contact depuis son retour. *Je veux me faire hospitaliser. J'ai besoin d'un break.* C'est comme le *blast* d'une explosion de prendre le mal-être de son enfant en pleine gueule. Je pense aux urgences psychiatriques de Sainte-Anne, à un quart d'heure à pied. Remonter la rue Broca, à droite boulevard Arago, à gauche rue de la Santé. Je n'y arrive pas.

Mardi 30 novembre – 10 heures
SMS du père de Gabrielle

Gabrielle est convoquée au commissariat à 17 heures.

Le policier

L'officier de police judiciaire fait entrer Gabrielle dans son bureau. Seule. Il invite ses parents à attendre dans le hall du commissariat. *Je vous recevrai après l'audition pour signer le procès-verbal.* Il indique un siège à Gabrielle. Elle reste debout, observe, demande si elle peut fumer. *C'est interdit sur les lieux de travail.* Il veut comprendre pourquoi elle a fugué, si elle a suivi un garçon, si elle a subi des violences, si elle a des problèmes au lycée, dans sa famille. Il est impressionné par son calme, elle ne semble pas effrayée. Cette jeune fille l'intrigue. Elle est intelligente, il le lui dit. Elle finit par s'asseoir, déplace la chaise, s'installe en face de lui et commence son récit. Elle se livre facilement, elle en est presque impudique. Il préférerait ne pas entendre certains détails. Elle lui fait penser à Béatrice Dalle dans *37°2 le matin*, la délicatesse en plus.

Elle dit beaucoup mais ne dit pas tout, il le sent, il le sait et s'en amuse. Pas folle la gamine. Elle fait le coup de la copine. Elle veut savoir si elle a du shit sur elle, *c'qu'elle risque ?* C'est pas pour elle. *Pour sa copine*, elle répète. Rappel de la loi, les droits, les devoirs ; ce n'est pas la partie qu'il préfère. Dommage pour un flic. Il aurait voulu être psy, psychologue comme sa mère. Mais un jour elle est partie, « acheter des cigarettes » comme on dit, alors il a fait du droit comme son père qui, lui, est resté. À la fin de sa licence, il a passé le concours d'OPJ avec un copain. Un pari lors d'une soirée trop arrosée. Le pire c'est qu'il a réussi l'examen, pas son pote.

Gabrielle s'est arrêtée de parler. Il n'écoutait plus. Quel con. Vite rétablir le lien, ne pas la lâcher. Fragile sous sa carapace, besoin d'être encouragée, portée, rassurée. Elle fanfaronne mais elle flippe. Grandie trop vite, grand écart dans sa tête, le cœur inquiet. La fugue, c'est un test. Il n'est pas inquiet, elle s'en sortira. Elle a des bases plus sûres qu'elle ne croit. Il le dira tout à l'heure aux parents. Le plus dur, c'est d'apaiser la famille.

Huis clos : *roman, pièce de théâtre ou film dont l'action se déroule en un lieu unique, dont les personnages ne peuvent pas sortir.*

Un père et une mère divorcés se retrouvent dans le hall d'un commissariat. Leur fille est auditionnée dans la pièce à côté. Au début, ils sont courtois, prennent des nouvelles, poliment. Au bout d'une heure, ils s'agacent, tentent de se contenir. Au bout d'une heure trente, les vieilles rancœurs ressortent. *Je l'avais bien dit. J'avais raison. On aurait dû.* Mais il ne s'agit plus de crop-tops, il s'agit de comprendre ce qui lui a pris, pourquoi elle a fait ça. Si elle va le refaire. S'il faut interdire, sanctionner. S'il faut faire confiance malgré les mensonges, malgré les conneries, malgré la bouteille de vodka cachée sous son lit, malgré la fiole de poppers dans son sac, malgré les cachets pilés prêts à sniffer dans une jolie boîte à cigarettes. Parce qu'ils ont fouillé. Ils s'étaient promis *jamais*. Mais ils ont eu trop peur.

Au bout de deux heures, ils se raisonnent. Ne pas s'écharper, ne pas se rejeter la faute, tenir le coup, ne pas sombrer, ne pas se laisser submerger. Ni par la tristesse ni par la colère. Au bout de deux heures trente, ils paniquent. *Et maintenant?* La question revient en boucle. Sans réponse. Elle ne veut plus les voir. L'internat ? Elle refuse. Changer de lycée? En cours d'année? À la rentrée? Redoubler ? Passer en première ? Pas encore. Ne pas aller trop vite. Au bout de trois heures, ils se disent ce qu'ils n'auraient jamais pensé se dire : *Pardon. Je suis désolé-e.* Mieux qu'une thérapie de couple.

La porte s'ouvre, Gabrielle s'avance. *Vous pouvez entrer.*

Léa

La pièce est plongée dans la pénombre. L'officier de police judiciaire est assis derrière un bureau encombré de dossiers. L'air las, une barbe de trois jours, grisonnante. Le gars qui ne compte pas ses heures. Il a auditionné Gabrielle toute la soirée. Il nous lit le procès-verbal. Elle affirme être descendue seule dans les catacombes. Je voudrais la croire mais je pense qu'elle ment. Qu'elle le protège, qu'elle s'est refait l'histoire dans sa tête, qu'elle s'en est convaincue et qu'elle n'a pas eu de mal à tenir sa ligne devant l'officier.

Il parle posément, m'inspire confiance. Déjà au téléphone, ce matin, il a entendu mon désarroi, mon inquiétude face au mutisme de Gabrielle. Comme si elle était déconnectée de la réalité depuis qu'elle était rentrée. *Une convocation au commissariat va provoquer un déclic.* Je veux croire qu'il va nous aider à reprendre contact avec elle, à repartir sur de bonnes bases. Pour qu'elle ne recommence pas.

Il nous fait signer le procès-verbal et s'adresse à Gabrielle. Il tente de la responsabiliser. On sent qu'il se répète, qu'ils en ont déjà parlé, qu'il insiste, pour qu'elle comprenne les conséquences de son geste. Il redit les moyens déployés pour la retrouver, ce que ça a coûté – en impôts, en temps, en énergie – la magistrate sollicitée, les trois équipes de la BAC mobilisées. Gabrielle s'agite sur son siège. *Oui, oui*. Agacée. *J'ai rien demandé. C'est eux*. Eux, c'est nous, ses parents. *Vous aviez qu'à pas aller chez les flics. J'vous avais dit de pas me chercher. Gabriel a rien fait. À cause de vous, il veut plus me voir.* Son père est tassé sur sa chaise. Je le sais blessé, horrifié par le fossé qui se creuse entre sa fille et lui. Je m'interdis de flancher, me redresse, m'avance sur le siège, assise sur le bout des fesses. Concentrée pour contenir le flot de colère. Je me vois attraper Gabrielle par les épaules et la secouer dans tous les sens. Syndrome de l'ado secoué. Je veux lui crier de se réveiller, d'en finir avec cette histoire, que ce mec a 18 ans, qu'elle en a 14, qu'on a voulu la protéger. L'officier de police judiciaire me devine, m'arrête du regard. Je me tais, le laisse guider la conversation. Il reprend d'une voix égale. *C'était le devoir de tes parents de déclarer ta disparition*. Je respire, me sens soutenue. Gabrielle cille, à peine, reprend sa pose. Avachie, jambes écartées, provocante, elle fixe l'officier. *Gab, ne me regarde pas avec ces yeux-là*. Il l'appelle par son surnom. Je n'en reviens pas. Je suis fascinée.

Quand Gabrielle avait 6 ans, ma mère lui a offert à des cours de natation en prévision des vacances d'été au bord de la mer. Les retrouvailles avec les cousins, les parents sur les serviettes, à lire, à bronzer, les enfants qui pataugent, seau à la main, allers-retours dans les vagues pour remplir les douves du château de sable. *Mieux vaut qu'elle sache nager*. Ma mère avait bien fait les choses. Cours particuliers, pour apprendre plus vite. Cinq leçons, *elle saura se débrouiller*, c'est ce qu'avait promis le maître nageur. Un jeune mec, beau gosse, abdos saillants. Gabrielle l'a mené par le bout du nez, à coup de blagues Carambar. Les cinq heures sont passées sans qu'elle enchaîne la moindre longueur. Elle avait la marque blanche des brassards sur les bras le jour de sa rentrée au CP.

Quelles sont vos qualités ? En classe de troisième, quelques semaines après son stage chez Dior, Gabrielle avait participé à un forum d'orientation proposé par le collège. J'avais trouvé la démarche intéressante, ambitieuse. Pas évident à 13 ou 14 ans de réfléchir à cette question. Cela exige une connaissance de soi, de prendre du recul pour ne pas tomber dans l'auto-dénigrement ou renforcer un culte narcissique. Elle n'avait pas su quoi répondre, s'était énervée. *C'est stupide ce truc.* Elle glissait déjà dans la peau de l'élève rebelle, qui n'a pas besoin de travailler, qui sait mieux que les autres, qui flirte avec les limites, qui se fait remarquer, plus souvent en mal qu'en bien. Elle faisait semblant de s'en moquer. Mais le regard des adultes commençait à écorner son image intérieure. J'avais profité de l'exercice pour la valoriser, pour lui donner une autre vision d'elle-même, positive. J'avais pris sur mon bureau un post-it rose en forme de cœur que m'avait offert Lola pour mon anniversaire. J'avais réfléchi longtemps. Je voulais que chaque mot lui parle, comme une caresse. Un encouragement à grandir, à oser avancer, pas après pas, en confiance. J'avais choisi un stylo à l'encre violette dans mon pot à crayons et je m'étais appliquée pour écrire : Créative. Sociable. Curieuse. Indépendante. Audacieuse.

Nous quittons le commissariat tard dans la soirée. Gabrielle ne veut pas aller chez son père. Je la ramène chez moi. Je retrouve la clé de mon appartement au fond de mon sac, l'enfonce dans la serrure, tourne un cran vers la droite, libérant les trois verrous. Je pousse la porte, marque un temps d'arrêt devant le paillasson *Bienvenue*. Rien n'a changé depuis dimanche, depuis que je suis partie rejoindre Simon chez ses parents pour fêter l'anniversaire de sa mère. À droite, mon béret rouge à la patère. En face, le masque africain de ma grand-mère qui me faisait peur quand j'étais petite. À gauche, les photos de l'été dernier, kaléidoscope de souvenirs heureux : Lola au volant d'un zodiac guidée par Simon, Gabrielle pin-up bronzant à l'avant, moi cheveux au vent, détendue, le front lisse. J'ai l'impression d'être partie, longtemps.

Quand je rentre de vacances, j'aime redécouvrir mon appartement. La joie du retour. Retrouver mes habitudes, mes objets fétiches. Faire de la place pour les nouveaux. Ce soir, je n'ai pas envie de franchir le seuil. Je n'ai qu'un pas à faire. Gabrielle s'impatiente derrière moi. J'hésite. Je voudrais retenir le temps, empêcher les événements des derniers jours de rentrer chez moi, de venir polluer notre quotidien, notre relation. J'imagine un sas de décontamination. Karchérisation, les soucis à l'eau de javel. On ressortirait tout propre, nu, heureux. J'arrête de frotter mes pieds sur le paillasson *Bienvenue*. Gabrielle est maintenant exaspérée. Elle me pousse presque, ne se déchausse pas, ne se lave pas les mains, force le passage, remonte le couloir et s'enferme dans sa chambre. Je me sens seule.

C'est la différence entre solitude et isolement : la sensation ou le fait d'être seul. Je ne suis pas seule. Gabrielle est dans sa chambre. Simon rue Broca. Il suffirait que je lui demande pour qu'il me rejoigne. Lola est chez son père et reviendra vendredi. Ma mère et ma sœur m'appellent régulièrement pour demander des nouvelles. J'ai fini par les prévenir. Le père de Gabrielle m'envoie SMS sur SMS. Mes amies répètent *si tu as besoin...*

Pourtant je me sens seule. Seule à scruter le plafond la nuit. Seule à sonder mon cœur de mère pour savoir si Gabrielle a besoin d'être hospitalisée. Seule à écouter derrière la porte des toilettes pour savoir si elle se fait vomir. Seule à surveiller le temps qu'elle passe dans son bain. Seule à tenter de peser sa souffrance. Seule à me demander si c'est du cinéma. Seule à avoir peur de me tromper. Seule à essayer de la sortir du lit à 13 heures. Seule à essuyer ses tempêtes. Seule face à ses mensonges. Seule face à ma culpabilité.

Mercredi 1er décembre

L'une des psychiatres contactées par le père de Gabrielle envoie ce message : *Dans l'urgence malheureusement une consultation hospitalière reste la solution la plus rapide pour être reçu par un médecin psychiatre.*

J'adore l'orage, surtout en voiture. Ça fait caisse de Faraday. La foudre peut tomber, je suis protégée. C'est pas la saison, les orages c'est l'été. Là il pleut. Les essuie-glaces s'agitent, ridicules, impuissants. Je ne vois rien. C'est gênant à 90 km/h. Je tente de distinguer les nuances de gris. Gris du ciel, gris du bitume, gris du béton, gris de mon front, gris de la voiture devant moi. *Respecter les distances de sécurité, soit la distance parcourue en deux secondes. Temps de freinage doublé sur route mouillée. Calculez...* Je suis trop près.

Je conduis les mains crispées sur le volant, la tête penchée en avant. J'aurais dû prendre mes gants. J'ai les doigts blancs. Mauvaise circulation. Fourmis dans la première phalange de l'index droit. J'essaie de me détendre : la nuque – faire non avec la tête, les épaules – effectuer un mouvement circulaire d'avant en arrière. Recommencer dix fois, puis de l'arrière vers l'avant. Je conduis aveuglée par la pluie. Coulures sur la toile, vertes. Panneaux de signalisation illisibles, rouges. Clignotant à droite. Prendre la prochaine sortie. Je n'aime pas suivre une voiture, je n'aime pas suivre en général. Clignotant à gauche. Devant moi, le père de Gabrielle s'engage sur le parking de l'hôpital. *On arrive.* Gabrielle n'entend pas, casque sur les oreilles, les yeux cernés, sur le siège passager. Du gris encore. Des bâtiments en enfilade, une sirène, une ambulance qui double. Les urgences pédiatriques à cent mètres. Se garer, lui à droite, moi à gauche. Comme dans le lit, avant. Je lui ai laissé. J'ai acheté un sommier et un nouveau matelas. Sans la forme de son corps.

Quitter la caisse de Faraday. Courir en évitant les flaques, manteau relevé sur la tête. S'arrêter devant la porte, net. Une feuille A4 dans une pochette transparente perforée. Papier gondolé, écriture délavée. *Covid. Un seul parent par enfant.* Se regarder, se demander lequel des deux. *Je vais attendre dans ma voiture.* Le père de Gabrielle repart en zigzaguant, jure soudain. Une flaque traîtresse, son pied gauche trempé. Envie de rire, enfin non. Prendre son courage à deux mains. Pourquoi à deux mains ? C'est lourd le courage ? C'est volumineux ? Chaud, fragile, fuyant ? Ça ressemble à quoi ? Faute de réponses, je pose mes deux mains sur les épaules de Gabrielle.

L'infirmière

L'infirmière du bureau des admissions soupire. 15 h 10 à la pendule. Six heures déjà qu'elle est assise derrière sa vitre en plexiglas. Elle ajuste son masque rose layette. Elle préfère les bleus, ça dépend des lots livrés. À la maternité, ils en ont des noirs. Elle bâille, discrétion assurée, masse ses tempes. Elle finira tard encore ce soir, sa fille révisera seule son contrôle d'histoire. Si seulement elle pouvait mettre des boules Quies… c'est le bruit, le plus pénible. Les bébés qui hurlent, les enfants qui courent entre les rangées de sièges, les mères absentes derrière leur écran, les conversations sur haut-parleur.

Une femme s'avance, sa fille sur les talons. Une tête de plus, ressemblance évidente. Elle tente de deviner. Ni gastro ni bronchiolite, trop grande. Pas de TS[1], ce seraient les pompiers. Elle en voit de plus en plus des ados défiler. Même âge que sa fille. Tous milieux, pas de discriminations. 92 ou 93. Tous paumés, déboussolés, confinés dans leurs angoisses, leurs peurs, leurs doutes. Climat de merde. Pas d'avenir. *Fuck* le système. Les parents dépassés. Impuissants.

1. Tentative de suicide.

Bonjour. Nous venons pour consulter un pédopsychiatre. Bingo. *Je vais prendre votre carte vitale. Nom, prénom, âge de l'enfant.* L'infirmière s'applique à remplir les cases du dossier administratif. Elle a beau taper vite, ça prend du temps. Les familles s'impatientent souvent, pressées d'aller dans la salle d'attente. Comme si ça allait les faire passer plus vite. Pas cette femme, fatiguée et inquiète. C'est ce qu'elle lit dans ses yeux au-dessus du masque. L'infirmière appuie sur entrée et lance l'impression des étiquettes d'identification. Elle n'a qu'à tendre le bras, quarante-cinq degrés vers l'arrière pour attraper la feuille. Ergonomie du poste de travail, baisse des RPS[2]. Conneries de DRH, ça n'empêche pas le mal de dos ni l'envie de démissionner, plus forte chaque nuit entre 3 h 30 et 4 h. Tenir… pour le loyer, pour sa fille, pour ses études, pour qu'elle s'en sorte.

Elle colle une des étiquettes sur une pochette en carton jaune, glisse les autres dedans et tend le tout à la femme au regard fatigué et inquiet. *On va vous appeler. Il y a un peu d'attente.* Mentir avec aplomb, elle a fini par apprendre. Elle regarde la mère et la fille s'éloigner, tourner sur elles-mêmes à la recherche d'une place, denrée rare. La salle est pleine. Il en reste une, au bout à droite de la troisième rangée. Un siège, un seul, en plastique orange. Elle se demande chaque jour quel abruti a validé le choix de cette couleur affreuse. La mère s'assoit, crispée dans son manteau. Elle est près de la porte, dans le courant d'air froid. La fille se laisse glisser à terre. Dos au mur, tête dans les genoux.

2. Risques psychosociaux.

Bonjour. Admissions. Étiquettes. Les dossiers s'empilent à sa droite. Il est maintenant 16 heures à la pendule. La mère est à nouveau derrière la vitre. *Ma fille s'est enfermée dans les toilettes*. Larme qui perle au coin des yeux fatigués et inquiets. Prévenir l'interne. Vite.

Compte rendu de consultation de l'enfant Gabrielle Lambert, née le 07/07/2007

– Constantes normales: pouls 78 bpm, pression artérielle 120/80 mmHg, saturation en O_2 98 %, température 36,8 °C, fréquence respiratoire 14 cpm, évaluation de la douleur 3/10.

– Examen clinique: traces de scarification sur les avant-bras. Pas de traces de coups.

– Examen gynécologique: normal. Pas de contraception. Prise de sang pour détecter d'éventuelles IST et grossesse.

– Entretien:

• Pourquoi est-ce que tu t'es enfermée dans les toilettes? *J'étais fatiguée. Je me suis allongée par terre. J'ai dormi.*

• Tu es souvent fatiguée? *Tout le temps. Le matin j'ai pas envie de me lever. En classe, je m'endors. Sauf en français. Le prof est trop sympa. Je veux pas lui manquer de respect.*

• Pourquoi as-tu fugué ? *Pour faire chier mes parents. Pour plus les voir. Ils parlent que de mes notes. Y'a que ça qui les intéresse.*

• Est-ce que tu as subi des agressions sexuelles ? *Non.*

• Pourquoi est-ce que tu te scarifies ? *C'est la seule chose qui me fait du bien quand je me sens mal.*

• Tu te sens souvent mal ? *Tout le temps. J'ai tout le temps envie de faire de la merde.*

• C'est quoi faire de la merde ? *C'est me couper, boire de l'alcool, fumer des joints.*

• Est-ce que tu consommes de la drogue ? *Je fume avec des copains, mais ça me fait rien. Je bois de la vodka. On sniffe du poppers aussi en soirée, c'est marrant.*

• Tes parents ont trouvé de la poudre blanche dans un étui à cigarette. Qu'est-ce que c'est ? *Un cachet de codéine que j'ai écrasé. Je le garde pour un copain. J'ai essayé une fois, mais j'ai pas aimé.*

• Est-ce que tu te fais vomir après les repas ? *J'ai commencé l'année dernière. Je me trouvais grosse. Je vomis quand on me force à manger à table alors que j'ai pas faim. J'ai bouché l'évier de la salle de bains chez mon père. Chez ma mère aussi. J'avais les yeux injectés de sang à force de vomir. Elle m'a emmené chez l'ophtalmo. J'ai menti. Il a rien dit.*

– Avis médical : une consultation avec le pédopsychiatre est conseillée. Rappeler la famille pour un rendez-vous selon les disponibilités du médecin.

Fait le mercredi 1er décembre à 17 heures par l'interne en pédiatrie.

Psychiatre. Ça rime avec acariâtre.
Pédiatre aussi.
Infirmière. Ça rime avec fermière.
Mais ça n'a pas de rapport.
Aide-soignante. Ça rime avec patiente.

Léa

Un siège se libère dans la deuxième rangée, près du sas qui mène vers les consultations. Je déménage. Moins de courants d'air, mais une mère à bout de nerfs qui n'arrive pas à calmer son bébé. Je tente un sourire pour faire diversion. Le bébé écarquille les yeux, effrayé et hurle de plus belle. J'abandonne. Le sas s'ouvre, Gabrielle revient. Elle détonne au milieu de tous ces gamins. L'interne en pédiatrie l'accompagne. *Il faudrait que Gabrielle voie le pédopsychiatre.* J'avale ma salive lentement, pour ne pas lui cracher à la gueule. C'est pour ça que nous sommes là, que nous attendons depuis trois heures dans cette salle d'attente bondée et glacée. *Le pédopsychiatre ne consulte que le matin.* Je cille, le nerf optique en vrille. Stroboscopique. Effort d'accommodation. Intégrer l'information. Se demander depuis combien de temps ils savent que le pédopsychiatre ne consulte que le matin. Que nous perdons notre temps. Que Gabrielle aurait pu se reposer dans ses draps plutôt que sur le carrelage des toilettes. Penser à mettre ses habits au linge sale en rentrant.

Je l'imagine passer la nuit dans un couloir sur un lit trop petit avec une blouse en papier verte, les fesses à l'air. *On rentre.* L'interne en pédiatrie semble soulagé de ma décision, promet de nous appeler le lendemain pour nous donner un rendez-vous dans les prochains jours. Nous quittons les urgences, hébétées. La pluie a cessé. La voiture du père de Gabrielle n'est plus là, il a dû aller chercher Lola au ping-pong. C'était une bonne idée de prendre deux voitures.

Le lendemain, j'apporte une boîte de chocolats à l'officier de police judiciaire. Des pralinés. Lait et noir. *Il ne fallait pas.* Il me dit que le dossier de la fugue de Gabrielle va être classé sans suite par la magistrate. *Comment va-t-elle ?* Je ne sais pas quoi répondre.

Vendredi. Lola va bientôt rentrer. J'allume le four à 180°. Je sors les ingrédients du placard et les aligne sur le plan de travail :

– 180 g de farine

– 100 g de sucre roux

– ½ sachet de levure

– 1 pincée de sel

– 1 œuf

– 60 g de beurre coupé en morceaux à faire ramollir au four

– 100 g de chocolat – noir, blanc, au lait, au caramel. Au choix selon votre goût.

Dans une jatte, je mélange la farine, le sucre, la levure et le sel. J'incorpore l'œuf. Je mélange avec une cuillère en bois. C'est sableux et plein de grumeaux. Je sors le beurre du four. Il est luisant, pas encore fondu. Parfait. Je l'ajoute au mélange. J'y vais à la main. La droite, la plus forte. La gauche se contente de tenir la jatte inclinée. Ça s'effrite, ça colle aux doigts. Il faut pétrir, malaxer. Encore. Petit à petit, le sucre fond, le beurre enrobe, la farine lie, la levure gonfle. La pâte s'agrège, s'agglomère, s'arrondit, se forme. Je laisse reposer la boule compacte. Sur la planche, je coupe les barres de chocolat en pépites, les verse dans la jatte. Et je recommence, malaxe, mélange – la main engourdie à force – jusqu'à ce que toutes les pépites soient intégrées à la pâte. Je forme des petites boules que j'espace sur une plaque de cuisson. J'enfourne onze minutes. Le temps de ranger les ingrédients et de laver la jatte et les ustensiles. Quand la minuterie sonne, je sors les cookies du four, les dispose délicatement sur un plat avec une spatule. Ils sont fragiles, légèrement dorés. Une fine croûte en surface, moelleux à l'intérieur. Ils vont finir de cuire à température ambiante. J'ai trouvé cette recette sur le papier d'emballage d'une tablette de chocolat. J'avais 10 ans. J'ai dû la faire des centaines de fois. Pour mes amis, à Noël, pour mes collègues et maintenant pour mes filles : *Tu devrais ouvrir une boutique…*

J'entends l'ascenseur s'arrêter à notre étage. La clé dans la porte. Lola entre et sans même poser son sac à dos, se précipite dans la cuisine. *T'as fait des cookies! Merci Maman*! Elle se lave les mains, sort les assiettes à dessert et compte. *Il y en a douze. Ça fait quatre chacune.* Gabrielle émerge de sa chambre. Nous goûtons toutes les trois. Toujours aucun appel de l'hôpital.

Le répondeur téléphonique des urgences de l'hôpital est saturé, impossible de laisser un message. Ça fait cinq jours qu'ils ont promis de nous appeler. Nous n'avons toujours pas de rendez-vous. J'ouvre mon répertoire et envoie SMS sur SMS. Je finis par obtenir les contacts de plusieurs psys, des pédo-, des -chiatres, des -chologues. Une histoire de préfixes et de suffixes. Je ne fais pas la différence. Je ne fais pas la difficile.

Je vous contacte sur les conseils de X. Je souhaiterais prendre rendez-vous avec vous pour ma fille Gabrielle, âgée de 14 ans. Gabrielle rencontre des difficultés depuis son entrée en seconde en septembre dernier avec plusieurs comportements à risques (stupéfiants, TCA[1]*, scarification, absentéisme scolaire, fatigue chronique et opposition à toute autorité). L'élément déclencheur a été une fugue dans les catacombes il y a dix jours. Depuis, je cherche des solutions pour l'accompagner au mieux et évaluer l'ampleur de son mal-être. Pourriez-vous recevoir Gabrielle et auriez-vous des disponibilités pour un premier rendez-vous ?*

1. Troubles des conduites alimentaires.

Je me rappelle les fêtes de village, enfant, quand je glissais mon adresse dans un ballon gonflé à l'hélium en espérant qu'un habitant d'une ville lointaine allait répondre à ma lettre.

Une semaine avant les vacances de Noël, Gabrielle retourne au lycée. J'ai prévenu le CPE[1] et sa prof principale. Prof de maths, pas sa matière préférée. Euphémisme. Dans l'entrée, elle balance : *T'inquiète. J'vais pas fuguer.* Je me force à rire, plutôt un ricanement, voire un grincement. MDR. Hier soir, je lui ai pris son portable pour installer une appli de géolocalisation. Cris, confrontations. *Respect de ma vie privée.* J'ai tenu bon, fière de moi. *Il est important que tu aies un cadre pour repartir sur la bonne voie.* Je finis de faire mon lit, ramasse culottes et chaussettes sales dans la chambre de Lola, aère l'antre de Gabrielle. J'arrange la couette et trouve son téléphone sous l'oreiller. Elle ne l'a pas oublié. Elle a fait exprés de le laisser. Je pense au vétérinaire qui a implanté une puce électronique dans la peau du cou de mon chat.

1. Conseiller principal d'éducation.

Il faudrait que je trouve la fonction *désactiver les applications en arrière-plan*. Sur un smartphone, c'est simple. Vous cliquez sur Paramètres, puis Gestion des applications. L'effet est immédiat. Le portable est moins lent, la batterie se décharge moins vite et ça libère de la mémoire. Si je deviens un jour une humanoïde augmentée à la peau bleue comme les héroïnes d'Enki Bilal, j'exige cette option. Fini l'inquiétude latente, l'hypervigilance, les questions en suspens. *Où est-elle ? Que fait-elle ?* J'ai la sensation physique que l'arrière de mon crâne est dissocié du reste de mon cerveau, en veille. Félin tapi, prêt à bondir. Mes nerfs s'affûtent, mes sens s'aiguisent. Branchée en permanence sur du courant alternatif. Je revois l'oscillateur de mes cours de physique. Soit x les humeurs de Gabrielle et y leur intensité, traquer le moindre progrès, s'en féliciter, se réjouir, baisser la garde. Erreur. Nouvelle charge, imprévisible, féroce. Lassitude, découragement, fatigue et anxiété. Je pleure sans raison, au milieu d'un passage piéton, en pleine discussion. Je renonce à me maquiller. Mon médecin me rappelle que le cerveau est un organe comme un autre, qu'en cas d'inflammation, il faut le soigner. Pour la première fois de ma vie, je prends des anxiolytiques.

Noël avant l'heure. Nous décrochons le Graal, un rendez-vous dans une unité d'accueil pour adolescents en crise, par l'entregent d'un ami médecin. Piston, réseau, cooptation, qu'importe le mot. Même dans le domaine de la santé, il faut avoir des relations. Nous sommes reçus par la cheffe de service, directement, sans passer par la case Urgences. Petite jouissance. Pas de salle d'attente, mais toujours les mêmes sièges en plastique inconfortables. Gris ceux-là, alignés le long du mur dans un couloir devant une multitude de portes bleues. Pas un bruit si ce n'est les soupirs bruyants de Gabrielle. Elle tourne en rond, s'agace, fait les cent pas, se rassoit à même le sol. Je me demande si nous avons bien rendez-vous. Une porte s'ouvre, enfin. Se referme. Pas de blouse blanche, mais un manteau et un sac à main pressés de rentrer chez eux. *Bonsoir.* Les pas s'éloignent dans le couloir. 18 h 30. Une demi-heure de retard, ça commence bien. Ne pas faire la fine bouche, être content d'être là. Gratitude. Aux soupirs de Gabrielle se mêlent ceux de son père, le pouce compulsif sur son portable. J'essaie de me concentrer sur mon bouquin, je fais semblant de lire pour ne pas avoir à parler. Je n'ai pas envie de parler. J'ai envie de savoir. Savoir si ma fille a besoin d'une aide extérieure, d'autre chose que de notre amour, de notre soutien, de notre patience. Je ne suis pas sûre que ce rendez-vous soit une bonne nouvelle. Je ne suis pas sûre de vouloir être ici, ni de vouloir qu'elle soit ici. Même si je n'en peux plus de l'avoir à la maison. Penser à tourner la page du livre.

La porte bleue au fond du couloir s'ouvre. Une blouse blanche imposante dans l'encadrement. Pas de *Je suis désolée pour le retard* – quarante minutes quand même – mais un *Suivez-moi* autoritaire. Je m'empresse, redevable déjà. Je m'exaspère. La blouse blanche masquée de bleue nous présente le service. À l'entendre, c'est le paradis. Une petite unité, six lits seulement, que des ados, chambres individuelles. Atelier Jeux créatifs le mardi, entretien quotidien avec un psychiatre ou un pédiatre du service, atelier Bien-être le jeudi, Théâtre le vendredi. Possibilité de rendez-vous avec un gynécologue ou un addictologue. Durée du séjour, dix jours en moyenne, remboursé par la sécu. *Buffet à volonté et boissons comprises?* Je me retiens. *Je vais maintenant m'entretenir seule avec Gabrielle.* Ça commence sérieusement à m'énerver. Ma fille a 14 ans. Secret médical, je veux bien, mais elle est mineure, j'ai peut-être un mot à dire. Encore une fois je me contiens. Ça devient aussi inconfortable qu'une envie de pisser. Nous sortons, retrouvons le couloir et les sièges en plastique gris. Le père de Gabrielle sort son ordinateur. Moi, je suis incapable de rien. Double négation, tout entière à mon attente. Ça demande une énergie considérable. Il faut beaucoup de concentration pour laisser filer les minutes sans les retenir. Sinon elles s'écoulent encore plus lentement dans les méandres du temps, lascives, langoureuses. Un jeu pour elles, une torture pour moi. J'ai envie de me masturber. J'ai envie de m'oublier, de m'emporter, de m'enfoncer, de ne plus penser. N'importe quoi. J'apprécie le calme de ce couloir, excuse parfaite pour ne rien faire. Ordonnance de non-productivisme. Je lâche, je m'en remets à leur décision. *Vous pouvez entrer*. Pas de rond de jambes, pas de préliminaires, le verdict tombe : *Je pense qu'une hospitalisation peut aider Gabrielle.*

C'est con cette habitude de sourire quand on a envie de pleurer. La bouche tordue, les yeux qui clignent, essuie-glaces inutiles. Je ne pensais pas qu'elle devait, qu'il fallait, que c'était grave, enfin, suffisamment sérieux. Demander pourquoi, oublier la réponse, ne pas oser redemander. Tourner la tête, la regarder. Surmonter sa honte. Murmurer *c'est pour ton bien*. Ne pas y croire.

Lola

Cher père Noël,

J'espère que tu vas bien. Je m'appelle Lola. J'ai 12 ans. J'ai été sage cette année. J'ai pas fugué. J'ai pas fait pleurer Maman. J'ai pas crié contre Papa. J'ai rien dit quand Gabrielle a volé mon argent de poche. J'ai des bonnes notes à l'école même si je bavarde. Je fais mon violoncelle tous les soirs. Sauf le mardi, j'ai cours au conservatoire.

Comme cadeaux cette année, j'aimerais que tu m'apportes :

– Une trottinette électrique pour aller au collège.

– Des bâtons de ski LEKi pour réussir mon slalom géant et avoir ma flèche d'argent.

– Un lapin en peluche Jellycat, le bleu avec les étoiles dans les oreilles.

– Une boule à facettes et une arche de ballons dorés et blancs pour ma boum (reportée à cause de la fugue).

– Un pantalon pattes d'eph noir taille 32 et une veste américaine.

– Des posts-it en forme de cœur pour écrire des mots à Maman.

– Un pot de Nocciolata pour Papa (pas de Nutella pour sauver les orangs-outans).

Je mettrai mes Jordan blanches au pied du sapin. Je les nettoie et les cire tous les dimanches. Confonds pas. Celles de Gabrielle sont toutes sales.

Je t'aime fort. Bon courage pour ta tournée. Je laisserai une part de bûche et une carotte sur la terrasse comme l'an dernier.

Bisous, Lola.

PS : Pour l'argent de poche, c'est pas grave. Apporte quand même des cadeaux à Gabrielle.

PPS : Tu préfères yuzu chocolat blanc ou marron glacé pour la bûche ?

PPPS : La carotte, c'est pour ton renne.

Léa

Plus d'un mois après notre consultation aux urgences pédiatriques, la secrétaire de l'hôpital appelle pour nous proposer un rendez-vous avec un pédopsychiatre. Je me dis qu'un deuxième avis pourrait être intéressant, mais je repense aux trombes d'eau et à la salle d'attente bondée. Je décline. Gabrielle sera accueillie dans deux semaines dans l'unité pour adolescents en crise. Je compte les jours.

Je reçois une carte de vœux. Un *Bonne année* manuscrit au-dessous d'une citation du pape François. Il y est question d'espoir. Espoir. Le mot m'accroche, me râpe, m'irrite. Étonnant. Pas l'effet recherché. Je m'interroge. Réaction primaire. Je tente une médiation avec moi-même, je questionne ma résistance. J'accueille l'émotion, je l'écoute, je la visualise, je la sens. Dans ma gorge serrée, ma mâchoire crispée. Je respire, plusieurs fois. Je relis la citation. J'essaie d'y croire. Comme si l'espoir relevait d'une forme de croyance. « Je crois en Dieu, je crois en l'espoir, j'ai confiance en l'avenir, je me persuade qu'il sera meilleur. » Méthode Coué ou aveuglement ? Là est le blocage. L'espoir induit la déception. Espoir déchu. Chute. Ne plus espérer, se protéger, se calfeutrer. Je déchire la carte.

Je ne repasse jamais mon linge. C'est un principe. Sans doute l'image de ma mère regardant le film du soir debout, le fer à la main, mon père dans le canapé. Je suis froissée, tant pis. À une exception, les veilles de colo. Le travail à la chaîne pour marquer les vêtements avec des étiquettes thermocollantes, même les culottes. Mode d'emploi : *Positionnez le fer à repasser sur le papier sulfurisé de protection recouvrant l'étiquette et appliquez fermement pendant dix à douze secondes; enlevez ensuite le papier de protection; vérifiez si l'étiquette adhère bien au vêtement en étirant le tissu autour de l'étiquette collée.* Chacune sa couleur. Ne pas se tromper. Étiquette violette avec un écureuil pour Lola. Étiquette rose avec une licorne pour Gabrielle. Elles ont grandi. Plus d'étiquettes. J'ai acheté un marqueur noir indélébile pour textile. J'ai rangé mon fer.

Pas de départ en colo demain. Maths à 8 heures pour Lola au collège. Admission à 10 heures pour Gabrielle dans l'unité d'accueil pour adolescents en crise. Pas de vêtements à marquer, mais une valise à préparer. Je relis le trousseau, sommaire. Prévoir des habits confortables. Chaussons ou claquettes. Livres, crayons, carnet.

S'ensuit une liste d'objets interdits : rasoir, coupe-ongles, pince à épiler, dissolvant, vernis, parfum, téléphone portable, ordinateur, tablette numérique, appareil photographique, montre connectée, objets contondants, inflammables, tranchants, toxiques, ciseaux, couteau, compas, taille-crayon, agrafeuse, trombones, punaises, cutter, briquet, allumettes, cigarettes, alcool, produits psychoactifs, clés, argent, bijoux de valeur, passe Navigo, carte d'identité, bonbons, manuels scolaires.

J'ouvre la valise de Gabrielle. Je trouve un ensemble de lingerie rouge en dentelle et une brosse à cheveux lissante. Je renonce, referme la valise. L'infirmière et l'auxiliaire de puériculture feront l'inventaire demain matin.

Fiche d'inventaire de Gabrielle – Objets retirés à l'adolescente le temps de son hospitalisation :

– 1 paquet de cigarettes Winston (14 cigarettes restantes) – un traitement de substitution sous forme de patchs de nicotine sera proposé à l'adolescente

– 1 briquet Bic jaune

– 1 téléphone portable de marque iPhone – l'adolescente pourra l'utiliser 15 minutes par jour pour appeler ses amis

– 1 chargeur de portable

– 1 sachet de bonbons

– 1 ensemble de lingerie rouge en dentelle – jugé inadéquat mais sans danger – il a été laissé à la patiente.

Fait le 31 janvier 2022 à 10 h 25.

Signature de l'adolescente
Signature de la mère
Signature du père

Je suis sur le quai du RER. Je rentre chez moi. Je viens de terminer un cours de trois heures avec des étudiants en master de journalisme. Leur énergie m'a fait du bien, m'a fait oublier un temps que ma fille est à l'hôpital. Je n'ai pas de nouvelles depuis que nous l'avons laissée dans sa chambre hier matin. Je ne sais pas si je peux en prendre. Il y a bien un numéro d'urgence, mais prendre des nouvelles ce n'est pas une urgence. Cette hospitalisation est censée nous permettre de faire une pause. À elle. À moi. À son père. Nous permettre de rétablir la communication, de repartir sur de bonnes bases.

Mon train est dans quatre minutes. Je sens mon téléphone vibrer dans mon sac. Un numéro inconnu. Je réponds. Une femme se présente, elle parle vite. J'entends mal, il y a du monde autour de moi. Je tente de m'isoler en avançant en tête de quai. Je comprends que c'est une personne de l'hôpital. Je m'inquiète, voudrais demander *Gabrielle va bien ?* Mais elle me presse, me demande mon autorisation. Se répète. Mon autorisation. Je ferme les yeux, presse mon pouce et mon majeur sur mes tempes. Je fais un effort pour ne pas raccrocher. Ce n'est plus le bruit qui me gêne. Deux mots se détachent, sonores, percutants. Psychiatre et médicament. Indissociables évidemment. Naïve. Les propos de la cheffe de service en écho. *Nous ne donnons pas de psychotropes en première intention.* La rame NELY entre en gare. Je n'ose pas dire non. Eux savent, moi je n'ai pas vu, pas su, pas pu. Coupable, inapte. Est-ce ainsi qu'on extorque des aveux ? Mon *oui* est aspiré par la sonnerie des portes qui se referment. J'ai raté mon train.

Tercian – Vidal.fr

– Classification pharmacothérapeutique VIDAL : Psychiatrie> Neuroleptiques> Phénothiazines (Formes à activité immédiate)

– Classification ATC : Système nerveux> Psycholeptiques> Antipsychotiques> Phénothiazines à chaîne aliphatique

– Substance : cyamémazine tartrate

– Colorant (pelliculage) : titane dioxyde, bleu patenté

– Indications : voie orale

– *Adulte :* états psychotiques aigus. États psychotiques chroniques (schizophrénies, délires chroniques non schizophréniques : délires paranoïaques, psychoses hallucinatoires chroniques). Traitement symptomatique de courte durée de l'anxiété de l'adulte en cas d'échec des thérapeutiques habituelles.

– *Enfant de plus de 6 ans :* troubles graves du comportement avec agitation et agressivité.

– Effets indésirables possibles : somnolence, surtout en début de traitement, indifférence, réaction anxieuse, variation de l'humeur.

– Effets atropiniques : sécheresse de la bouche, constipation, troubles de l'accommodation, rétention d'urine. Hypotension orthostatique. Mouvements involontaires ou inadaptés, tics, pouvant survenir lors de la première prise (notamment en cas de surdosage) ou, plus tardivement, lors d'un traitement prolongé. Raideur musculaire et difficultés à coordonner les mouvements. Augmentation de la sécrétion de prolactine pouvant se traduire par : absence des règles, augmentation du volume des seins, écoulement de lait par le mamelon. Troubles sexuels. Prise de poids, hyperglycémie.

– Prix : 4,60 euros (30 comprimés à 25 mg).

Je pense :

Que je n'aimerais pas faire une partie de Scrabble avec un psychiatre

Qu'avec 4,60 euros on peut acheter un pot de Nocciolata

Que le bleu patenté ou E131 est le colorant alimentaire des bonbons Haribo et du Get 27

Que les effets indésirables sont plus nombreux que les indications thérapeutiques

Que j'aurais dû dire non.

Seules les visites des parents sont autorisées. Une heure maximum entre 13 h 30 et 19 h 30. Pour les parents séparés, alternance un jour sur deux. C'est mon jour. Gabrielle au téléphone : *Viens si tu veux, je m'en fous.* L'infirmière référente : *Il est préférable que vous veniez.* Ton doucereux, menace implicite, parents défaillants. Accusés, levez-vous ! Je prends le volant. La route en pilote automatique.

Sensation étrange de remonter le temps. Souvenir d'un matin d'été, le soleil tout juste levé. Moi, mon gros ventre et mon oreiller. Le trottoir interminable, trois pas, une contraction. Le père de Gabrielle penché vers moi, prévenant, attentif, maladroit. La valise de naissance dans une main, l'autre autour de ma taille encore fine. Le ventre pointu, invisible de dos. *Ce sera un garçon !* Gabrielle, deux *l* et un *e* est née huit heures après. Lente ouverture du col. La sage-femme les doigts écartés au fond de moi. 1, 3, 4 cm. Péridurale. La sage-femme, encore, mais je ne sens plus ses doigts. 7, 8. Encore 2 cm. Le temps se dilate plus vite que mon col. Le père de Gabrielle va à l'épicerie du coin s'acheter un Coca. Je lis

Les Rivières pourpres de Jean-Christophe Grangé, la tête enfoncée dans mon oreiller, seul réconfort.

La maternité est au troisième étage. Même bâtiment, quinze ans après. Aujourd'hui je descends au premier. En sortant de l'ascenseur, un panneau fléché indique *Unité d'accueil pour adolescents en crise.* Je tourne dans le couloir aux portes bleues, toujours fermées. Pas de bruit. Silence oppressant. Lumière blanche des néons. Cinq jours que Gabrielle est derrière l'une de ces portes, sans pouvoir sortir, sans pouvoir ouvrir la fenêtre. *On ne sait jamais.* Je n'ai pas retenu le numéro de sa chambre, je sais que c'est la quatrième à gauche. J'avance, prudente, m'arrête, gênée. Le caoutchouc de mes mocassins couine sur le linoléum. Linoléum, c'est joli comme mot, ça rime avec hélium. Pourtant ça colle comme du chewing gum. Vert chlorophylle le sol, ça jure avec les portes bleues. Penser à envoyer des chocolats à l'ami médecin.

Une porte bleue s'ouvre. Apparition. Une jeune fille dans l'encadrement, sa main crispée sur un pied à perfusion. Un pas, crissement des roulettes. Un pas, roulements à bille grippé. Un pas, valse titubante, violons désaccordés, silhouette traînante. Je jette un œil par la porte. Un autocollant sens interdit m'arrête sur le seuil. Gabrielle est là, sous une couverture, capuche sur la tête, serrée contre d'autres jeunes filles dans un canapé défoncé. Elle ne me voit pas, les yeux rivés sur un écran, devant des piles de DVD. Des boîtiers à moitié ouverts, des séries Disney.

Bienvenue au spot, lieu de vie, de rencontres et d'échanges pour les adolescents du service. Au mur, le planning de la semaine. Vendredi atelier Théâtre. *Annulé, pas de personnel*, ânonne l'auxiliaire de puériculture en passant. *Rendez-vous familial avec la psychiatre dans une demi-heure*. Je laisse Gabrielle devant Riley et Violetta et patiente sur l'une des chaises en plastique gris du couloir.

La psychiatre

La psychiatre referme le dossier de Gabrielle. Elle est ennuyée. La jeune fille a mal réagi au Tercian. Sueurs, nausées, hallucinations. La première nuit a été difficile, il a fallu diminuer les doses. Mais Gabrielle reste agressive, ça la préoccupe. Elle voudrait comprendre pourquoi, être sûre qu'elle ne va pas se mettre en danger. Gabrielle n'est pas suicidaire mais elle multiplie les comportements à risque, d'où le Tercian pour diminuer son anxiété et ses variations d'humeur. Sa mère est contre, elle l'a senti au téléphone mardi dernier. Elle est à bout, le père aussi, dépassés par la situation. Elle note d'en parler avec l'assistante sociale. Elle pourrait réclamer une aide éducative à domicile pour les accompagner après l'hospitalisation. Elle a eu aussi ses collègues du CMP[1], Gabrielle va pouvoir être suivie. Un rendez-vous toutes les semaines. La jeune fille devrait aller mieux.

Elle tente de s'en convaincre. Au fond, elle n'est sûre de rien. Elle voit bien ces jeunes de plus en plus nombreux, de plus en plus mal depuis la pandémie de Covid et les confinements. Elle sait qu'elle n'a pas les

1. Centre médico-psychologique.

moyens de les apaiser, que les psychotropes ne sont qu'un pansement, que la nature et le sport leur feraient du bien, leur permettraient de se reconnecter à ce corps qu'ils maltraitent, que des exercices de respiration les aideraient à mieux gérer leurs émotions, à accompagner leurs changements d'humeur. Mais elle pare au plus pressé et fait taire ses propres angoisses : la situation catastrophique de la pédopsychiatrie en France, l'épidémie silencieuse de santé mentale, les suicides et les dépressions en constante augmentation surtout chez les filles. Elle les comprend en même temps. Comment se projeter ? Comment avoir envie d'étudier ? De fonder une famille ? Quand on vous annonce le réchauffement de la planète et la fin du monde.

Elle pense à cette jeune collègue, brillante, qui alerte contre la tendance de l'époque à surdiagnostiquer. Dans sa thèse, elle se demande comment différencier qui est malade de qui ne l'est pas ; elle met en doute le traitement systématique de la souffrance psychique ; elle s'interroge sur la pathologisation de la détresse et en appelle au contraire à la capacité de chacun à s'adapter et à développer ses propres mécanismes de résilience. Elle a noté sa conclusion sur un post-it : *Combien de gens se retrouveront sous traitement pour des épreuves qui font partie du sort humain ?*

La psychiatre interrompt ses réflexions et fait entrer Gabrielle et sa mère dans la salle des familles. La pièce est censée être plus conviviale que son bureau. Pourtant les mêmes murs jaunes, le même lino vert, mais des sièges rouge cardinal et une petite table en bois clair. Au mur, un tableau représentant Arlequin. La mère le fixe, semblant y chercher un sens. Gabrielle s'assoit par terre, les genoux remontés contre la poitrine. La psychiatre prend un stylo et commence l'entretien familial. *La naissance, ça s'est passé comment ?*

Léa

Je ne m'attendais pas à cette question. La psychiatre sait-elle que j'ai accouché dans ce même hôpital il y a quinze ans ? Deux étages plus haut. Linoléum bleu. Naissance après terme, J+4, accouchement difficile, avec spatules. Gabrielle avait le côté droit du visage griffé. Peau à peau, son petit crâne sous un bonnet de coton blanc, son museau de chat qui cherchait à tâtons mon sein. Rencontre maladroite. Moi incrédule. Et ce sentiment soudain d'être enfin une, entière, complétée.

Je marque une pause. La psychiatre m'invite de ses yeux gris à poursuivre. J'ai allaité Gabrielle bien sûr. *C'est ce qu'il y a de mieux pour l'enfant.* Mais j'avais mal, elle n'arrivait pas à téter. Je m'énervais, elle pleurait, je paniquais. Déjà la petite voix : *mauvaise mère.* Je n'aurais pas supporté une césarienne, *même pas capable.* Je voulais être seule avec elle mais je ne savais pas comment faire. Je n'ai pas dormi pendant deux nuits, Gabrielle entre mes seins. Le berceau en plastique transparent vide. La troisième nuit, une blouse rose a emmené ma fille à la nurserie. Je suis restée les yeux grands ouverts à fixer le plafond. À 3 heures du matin j'ai erré dans le couloir pour aller la chercher. J'avais peur que la blouse rose lui donne un biberon.

Deux étages plus bas. Linoléum vert. Je suis dans le même état d'hébétude qu'il y a quinze ans. Je ne comprends pas ce qui se passe, je me sens dépassée. Pendant une heure, la psychiatre enchaîne les questions : petite enfance, naissance de sa sœur, entrée à la maternelle, relation aux autres, apprentissage de la lecture, école primaire, saut de classe, divorce. Ses yeux gris posés sur moi, l'impression d'être à confesse, trou qui grandit dans la poitrine. Je veux bien faire, j'endosse la faute, je suis la mère.

À la fin de l'entretien, elles sont deux à m'observer. Je lutte pour refouler la boule dans ma gorge, clignote des yeux pour empêcher les larmes de couler. Ma fille se lève sans un regard et retourne dans sa chambre. La psychiatre me raccompagne dans le couloir. *Lundi, je verrai le père.*

Le père de Gabrielle

Le père de Gabrielle sort de l'hôpital abasourdi, comme un boxeur descendant du ring. Il ne parvient pas à reprendre ses esprits, il a la tête qui tourne. Tout juste s'il ne va pas vomir sur le trottoir, là. Le même qu'il y a quinze ans. Il se souvient de son excitation, du regard confiant de Léa, pliée en deux, le souffle court sous les coups répétés du bébé mais souriante, comme éthérée du bonheur à venir. Sûr que Gabrielle avait été désirée. Neuf mois serrés l'un contre l'autre sur le petit canapé du salon à l'imaginer. *Blonde aux yeux bleus*. Il ne s'était pas trompé. Ils avaient lu religieusement *J'attends un enfant* de Laurence Pernoud, la bible de tout futur parent. Le soir, ils n'allumaient plus la télévision. Ils passaient des heures à observer son ventre, guettant une petite bosse. Un pied, une main, parfois la tête entière, comme une vague. *Elle s'est retournée!* Léa éclatait de rire, émerveillée. Ils savaient que Gabrielle s'écrirait avec deux *l* et un *e*. *Vous voulez connaître le sexe de l'enfant?* Ils avaient dit oui, suspendus aux lèvres du gynéco. Gourmands, impatients.

La nausée le reprend. Il se force à marcher, tourne à droite et reconnaît l'épicerie au coin de la rue. Du sucre, ça va lui faire du bien. *Un Coca s'il vous plaît.* Le *clic* de la capsule le soulage déjà. Il boit de longues gorgées, les petites bulles pétillent dans sa bouche et l'apaisent. Il descend jusqu'à la Seine et s'assoit sur un banc. C'est là qu'il lui a demandé un enfant. Léa n'était pas sûre, elle avait peur de ne pas savoir, de ne pas être à la hauteur. Fascinée et terrifiée. Elle avait arrêté la pilule. Quelques mois plus tard, elle lui avait offert un panda en peluche. Leur code. Il avait souri, heureux.

Une péniche chargée de sable interrompt ses souvenirs. Un tourbillon se forme dans son sillage. *Quand est-ce que ça a dérapé?* Il n'arrête pas de se poser la question. Il revoit Gabrielle bébé dormir sur son avant-bras. Gabrielle marchant à peine lui donnant la main. Gabrielle riant aux éclats dans une valse folle. *Quand est-ce que ça a dérapé?* Il y a eu le divorce, la garde alternée, le quotidien à gérer, les engueulades pour des broutilles. Impuissant, il a vu leurs rapports se tendre. Il a lu des livres. Tenté d'instaurer des règles de vie. Mais Gabrielle lui a échappé. Leurs seuls échanges se sont limités à ses résultats scolaires. Et ils n'étaient pas bons.

Il se décide à appeler Léa. Il reconnaît une pointe d'agacement dans sa voix. *L'entretien s'est mal passé.* Une des pires heures de sa vie. Gabrielle a multiplié les provocations, déformant ses propos. *Il me traite de pute.* Il est resté muet, sidéré par l'attaque. Il la revoit en mini-jupe et décolleté plongeant, militante, inconsciente. *C'est aux hommes de changer de regard, pas à moi de cacher mon corps.*

Combien de fois a-t-il tenté de la raisonner ? Coupable aujourd'hui d'avoir voulu la protéger. Il s'est senti jugé. La psychiatre n'est pas intervenue. Maintenant il a peur des conséquences. Il le dit à Léa. La psychiatre a évoqué un rendez-vous avec une assistante sociale. Un accompagnement éducatif. Voire la saisie de l'aide sociale à l'enfance. Il imagine sa fille placée dans une famille d'accueil. Léa a raccroché.

Léa

Je passe ma vie dans le RER. Ma gare est en début de ligne, je trouve toujours une place. Je m'installe et je lis. Je ne vois plus les autres passagers. Je rate mon arrêt parfois. Il y a quelques années, j'ai dévoré les livres de Douglas Kennedy, jusqu'à me lasser. La surprise éventée, toujours la même structure si emblématique de la *success story* américaine : un personnage en pleine ascension, brisé net dans son élan, sa descente aux enfers, longue, et sa reconstruction, lente.

Quand le père de Gabrielle appelle à sa sortie de l'hôpital, je m'imagine comme l'une de ses héroïnes. À terre déjà, ne voyant pas le nouveau coup arriver. Mauvaise pioche, jeu faussé. Après la fugue, les drogues, l'hospitalisation, les psychotropes, les psychiatres, nous venons de tirer la carte Signalement. Gagné. Famille *VieDe-Merde* au complet. Je croyais que nous avions touché le fond de la piscine, je découvre la fosse de plongée. Sans palier de décompression. J'ai les oreilles qui sifflent, les joues rougies sous le coup de l'indignation. La psychiatre de l'hôpital met en doute notre capacité à élever notre fille. Elle a alerté l'assistante sociale qui envisage de saisir l'Aide Sociale à l'Enfance. L'ASE. Prononcez "lazeu". Ça sonne comme Lao Tseu mais on est loin de la philosophie taoiste chinoise. On est plutôt dans la catégorie faits divers. J'ai écrit plusieurs articles sur des affaires sordides d'enfants tués sous les coups de leur beau-père. La protection de l'enfance mise en cause, leur manque de moyens mais aussi leurs défaillances.

J'avoue avoir déjà mis une baffe à ma fille. Je l'ai regretté aussitôt, m'en suis excusée. De là à faire l'objet d'un signalement… Je suis outrée. *Ils n'ont pas mieux à faire que d'accabler des parents déjà effondrés?* Point de bascule. Le sentiment d'injustice est si fort que je trouve enfin la force de me révolter. Je crie *STOP*. Je me sens lionne, les babines haineuses, prête à mordre. Je me sens habitée, enragée, portée par la puissance originelle des mères. Je comprends que personne ne nous aidera, que nous devrons trouver seuls comment aider notre fille. Que je devrai trouver seule comment aider ma fille.

Valse

La vie tourne

Léa

J'ai peur. Peur de rallumer mon ordinateur, de rouvrir ce document que j'ai appelé manuscrit. Je n'ai pas écrit depuis plusieurs semaines. Semaines de cauchemars, de larmes, de panique, d'angoisse qui pince le cœur, qui comprime la poitrine. J'en rêve la nuit, réveillée en sursaut, incapable de me rendormir, incapable de me lever pour affronter mes propres mots. L'impression de devenir folle, les nerfs à vif au moindre bruit. Le broc d'eau sur la table en verre, le couteau qui tombe sur le carrelage de la cuisine, la télé des voisins, la tête en caisse de résonance.

Il suffit d'écrire. C'est simple. Pourtant je ne peux pas, physiquement empêchée, migraineuse, nauséeuse. La tête dans un étau. Brouillard ouaté. Je tente de m'accrocher aux ciels rosés du matin, aux bourgeons timides au bout des branches, au frais de l'air sur mon front. Mais la bête revient, sournoise, envahissante. Les larmes jaillissent sans prévenir. Envie de m'écrouler, effort surhumain pour rester digne devant Gabrielle et Lola. Ne pas accabler Simon, ne pas inquiéter ma mère. Je me roule en foetus, un oreiller serré contre le ventre.

Apaisement. Je m'endors épuisée, pour me réveiller en pleine nuit, assaillie à nouveau dans l'instant. Éternel recommencement.

Je lis *Le Chagrin* de Lionel Duroy et *Rien ne s'oppose à la nuit* de Delphine de Vigan. Leur engagement à raconter leur famille, leur mère. Moi, je suis la mère qui raconte sa fille et se raconte en même temps. Aurai-je la force d'aller au bout ? Je n'ai pas le choix. Mon corps le crie. Renoncer n'est pas une option.

J'ai commencé à écrire sans savoir où j'allais. Des bribes de texte. Des souvenirs. Des moments doux de l'enfance. La fugue seulement effleurée, suggérée, indicible encore. Digressions, premier blocage. J'ai retrouvé la lettre, fouillé mon téléphone, retrouvé ses SMS, appelé le commissariat, demandé à relire ma déposition. Plongé dans mes souvenirs. Les émotions sont revenues, intactes, entières. *Pourquoi tu t'infliges ça,* demanderait ma mère. Si elle savait. Mais elle ne sait pas. Je ne lui ai pas dit que j'écrivais, que je me racontais. Impudeur. *On ne lave pas son linge sale en public.* Je me tais. Elle se désole. *Prends de la vitamine D.*

C'est pire que la ligne 7 du métro parisien aux heures de pointe. Les odeurs de friture, les néons agressifs, les mouvements de foule, les cris stridents. Aller à la fête foraine est une épreuve. Un affolement des sens. Une quasi agression. Lola et Gabrielle le savent, connaissent ma résistance limitée. Trop heureuses de cette escapade, elles me ménagent. *Un peu d'eau ? Ça va ?* Je leur offre dix tickets chacune. Elles courent d'attractions en manèges et s'envolent au-dessus du parc de la Villette. J'ai mal à la nuque à force de les regarder tournoyer. Bientôt, Gabrielle n'a plus que deux tickets. *Celui-là, tu le fais avec moi !* Elle bat des mains, sautille sur place.

Ne pas réfléchir, dire oui. Lola m'encourage. *Je garde ton sac.* Ne pas faire demi-tour. Devant nous, le wagonnet s'immobilise brutalement en lâchant un bruit mou de pet. Gabrielle s'installe en tête, forcément. J'hésite, un quart de seconde, poussée par un groupe d'adolescents surexcités. J'essaie de sourire, crispée. Je le fais pour elle. Elle est contente. Je crois même percevoir un brin de fierté dans ses yeux. Je n'ai pas le temps de m'y attarder. Le forain m'enjoint de lever les bras et la lourde barre de sécurité caoutchoutée m'emprisonne sur le siège glacé. Je frissonne, décide de débrancher mon cerveau pour les cinq prochaines minutes. Je ne suis plus qu'un pantin secoué au gré des loopings, virages et autres descentes vertigineuses. À ma droite, elle hurle littéralement de joie. Elle va s'en décrocher la glotte. J'imagine le petit grelot de chair s'écraser vingt mètres plus bas dans un hot-dog dégoulinant de ketchup et de mayo.

Et d'un coup ça monte, sauvage, puissant. Je ris. Je ris et je pleure. Je ne contrôle plus rien. J'ai la sensation que mon crâne explose, cheveux et cervelle mêlés dans la vitesse du petit wagonnet. Éjectée la psychiatre. Satellisées les menaces de l'assistante sociale. Dispersés les cachets bleu patenté. Juste rire et pleurer, soulagée.

Nouveau bruit mou de pet. Nous sommes arrivées. Pressées déjà de descendre pour laisser la place à ceux qui attendent dans le froid de l'hiver. Lola est hilare, Gabrielle me tend la main. Je ne suis plus très sûre de savoir marcher droit, l'oreille interne chahutée. Je m'agrippe à son épaule. *On va manger une gaufre ?*

Arouto

Arouto attend Gabrielle devant la fête foraine. Elle arrive en souriant, du chocolat au coin des lèvres. Il le lui fait remarquer, elle se frotte la bouche avec l'index gauche. *C'est parti ?* Il fait oui avec le pouce droit. Cette fille le fait rire. Un mot lui vient. *Mutine.* Il sonne à ses oreilles comme une clochette. Il ne l'a pas revue depuis les catacombes. C'est elle qui a repris contact sur Instagram il y a deux jours, pour lui dire qu'elle sortait de l'hôpital et qu'elle avait envie de le revoir. Il n'a pas très bien compris pourquoi. Il lui prend la main, improvise une valse sur le parvis – un, deux, trois – puis la serre dans ses bras. Doucement, de gauche à droite. Slow maladroit. Crispée d'abord. Il sent son corps s'alourdir. *Merci d'être venu.*

Il l'entraîne dans un bistrot, commande une bière et un chocolat chaud pour elle. Ils ne parlent pas, s'observent. Il remarque les paillettes dorées au fond de ses yeux. Comme des points d'interrogation. *Je suis amoureuse.* Il se tend. *Il s'appelle Mathieu.* Soulagé. Pas d'ambiguïté, elle est trop jeune. *Il est en terminale dans mon lycée.* Il la regarde raconter, la bouche glossée, soupirs acidulés. *On n'a pas encore baisé.* Sourcils en soubresauts. Il aime sa manière d'être cash. Celles qui minaudent l'exaspèrent. *Je peux?* Elle n'attend pas sa réponse, prend une clope dans son paquet et la pince entre ses lèvres. *T'as du feu?* Il sort un briquet de la poche de son jean. Elle se penche au-dessus de la table de bistrot dévoilant un soutien-gorge en dentelle. Il frotte la pierre, la flamme embrase les paillettes dorées fixées sur lui. Elle aspire longuement – bout rouge incandescent –, ferme les yeux, retient la fumée, souffle un *Putain ça fait du bien.*

Ce qu'elle aime, c'est le geste, la cigarette aux lèvres, le moment. Elle n'avait pas le droit de fumer à l'hôpital. Les infirmières lui ont filé des gommes à la nicotine, des patchs et une vapoteuse. Résultat, maux de tête et nausées et maintenant elle a envie de nicotine. *J'avais un patch à droite et un implant à gauche.* Il s'étonne. Elle remonte la manche de son pull. Cicatrice rosée dans le gras du bras. *Un implant contraceptif. Ils me l'ont posé à l'hôpital. Ma mère était contre. Je pourrai baiser avec Mathieu sans capote.* Coup de chaud, mal à l'aise, pas son rôle. Dans la peau d'un daron, il énumère: *chlamydiose, herpès, papillomavirus, VIH*… Sa mère est gynéco, elle le lui a assez répété. Il fouille dans son sac à dos, en sort une capote. Gabrielle le fixe. Romantisme contrarié. Elle hausse les épaules, glisse l'étui carré dans son sac et boit une gorgée de bière dans son verre. Il lui demande si elle a revu Gabriel. Mouvement de tête de gauche à droite. *Il veut plus me voir.* Il pense que c'est mieux ainsi, se garde de lui dire. *Je dois rejoindre ma mère.* Il fait signe au serveur, règle les consommations et sort du bistrot. Gabrielle l'embrasse sur la joue et retourne vers la fête foraine où l'attendent Lola et Léa.

Léa

Lola s'est endormie dans le RER, il a presque fallu la porter. Gabrielle se douche. Flot ininterrompu, sueur et peurs noyées dans le siphon. Je me sers un verre d'eau. La bouche sèche. Étourdissement. Une scène remonte à ma mémoire. Voile noir devant les yeux. Je me retiens au mur du couloir. Mon père dans l'embrasure de ma chambre, plutôt Delon que Belmondo, sourire gêné. Deux mots qui se détachent. *Bonne nuit.* Anodins, banals, tristes. Il a baissé le regard, sa silhouette s'est effacée. J'avais 14 ans. Je me souviens du vide à chacun de ses pas qui s'éloignaient dans le couloir. Il venait de me laisser sur une rive inconnue, celle de l'adolescence. Trop grande désormais pour le pudique baiser du soir sur la tempe. Il se contenterait de ce *bonne nuit* à l'entrée de ma chambre. Je me faisais l'effet d'un monstre, au point de faire peur à mon propre père. *Bonne nuit* donc. C'est peu deux mots pour affronter la nuit.

J'entends la porte de la salle de bains s'ouvrir. *Je suis toute nue, regarde pas*. La porte de sa chambre se referme. J'attends quelques minutes avant de frapper. Trois coups timides. Elle râle, souffle, agacée, ouvre la porte d'un coup et apparaît, immense, en culotte et débardeur. Son visage congestionné, *bonne nuit*. Déjà ? J'avance la main pour lui caresser la joue. Elle m'arrête d'un geste et je la vois, la cicatrice rosée dans le gras du bras. Ils l'ont fait, dans mon dos, sans mon consentement. J'avais dit *NON* à la psychiatre. J'avais dit *NON* à la gynécologue. Mettre un implant contraceptif à une gamine de 14 ans, qui n'a jamais vraiment eu ses règles, qui n'a pas encore apprivoisé son corps de femme et découvre à peine sa sexualité, qui me fait croire qu'elle est encore vierge… Autant lui dire de baiser sans capote.

Je me souviens des campagnes de prévention. Les années sida, les préservatifs distribués au collège et au lycée. Nos mères avaient peur de tomber enceintes, nous avions peur de contracter le virus. Aujourd'hui, il y a la pilule du lendemain et les trithérapies.

Je n'envisage même pas de me plaindre. Il faudrait à nouveau leur parler. Je me sens dépossédée de mon autorité de mère. *Bonne nuit.*

Quelques jours plus tard, Gabrielle veut me présenter son amoureux *Il s'appelle Mathieu*. Je propose de boire un verre ensemble après les cours. J'arrive en avance au café du coin et m'installe en terrasse sous le bec de gaz. Je me sens légère, fière de sa confiance renouée. Ils arrivent en retard main dans la main. Même taille, même sweat à capuche, deux ans de plus pour lui. Gabrielle fait les présentations et éclate de rire pour masquer sa gêne. Lui dit poliment *Bonjour Madame*. Mes 45 ans pèsent d'un coup sur mes épaules. Ils s'installent en face de moi. Je souris pour les mettre à l'aise, mais c'est moi qui suis troublée. J'essaie de trouver un sujet de conversation, le bac, les études, j'ai peur d'être *relou*. Je ne peux m'empêcher de me demander s'ils ont déjà fait l'amour. Je fais signe au serveur et commande trois bières. Une pinte pour lui. Gabrielle lève son verre, trinque en le regardant dans les yeux, puis se tourne vers moi en murmurant *merci*. Ils parlent du lycée, des copains, d'un tel qui a *pécho* une telle, de son ex qui est dégoûtée, du dernier Marvel qu'ils veulent aller voir ensemble au cinéma. J'écoute.

Je me revois à 14 ans, assise sur un banc dans la cour du lycée, emmitouflée dans un pull Oxbow trop grand pour moi, le sien, avec son odeur. Il avait suffi d'une phrase soufflée à l'oreille gauche : *Tu as un grain de beauté sur le sein droit*. Sidération en cours de français, impression d'être nue devant la classe. Envie de vérifier. Chemisier déboutonné, le rouge aux joues, brûlante d'un désir soudain. Pendant des semaines, mots griffonnés sur des pages d'agenda arrachées, écriture en pattes de mouche. Je ne dormais plus. Je suis allée le voir, lui le *bad boy* du lycée devant qui les filles se pâmaient, j'ai rompu le cercle formé par ses copains, lui au centre, toujours. Je lui ai dit, bravache, *Je t'aime*. Suis repartie droite, n'attendant pas de réponse. Soulagée. Il m'a rattrapée, m'a embrassée. Nous sommes restés ensemble une semaine, côte à côte sur ce banc. Je ne savais pas quoi lui dire. J'ai fini par lui rendre son pull. Des années plus tard, nous nous sommes revus. Il m'a dit : *Jamais personne ne m'a fait de plus belle déclaration*. Il s'est tué quelques temps après dans un accident de moto.

Mathieu aussi cultive un air de mauvais garçon, avec ses bracelets en cuir, sa croix à l'oreille et sa tignasse de boucles brunes rabattue en frange. Mais ses joues restent imberbes et c'est avec délicatesse qu'il passe son bras autour des épaules de Gabrielle et l'embrasse du bout des lèvres sur la tempe. Il chuchote dans son cou : *Tu es intelligente, ne doute pas de toi*. Elle murmure contre sa joue : *Tu es intelligent, tu vas réussir*. Mathieu vise une école d'ingénieur post-bac. Ils sont touchants. Complices, mais pas amoureux. *Les sentiments c'est pour les faibles!* Gabrielle boit sa bière trop vite. Elle est pompette, se donne des airs de grande, parle fort, rit. Ça faisait longtemps. Lui termine sa pinte, ne veut pas être en retard. Il doit passer chez lui se changer, il bosse au McDo pour se payer le permis. Il commence les cours la semaine prochaine, pendant les vacances d'hiver.

Nous sommes en avance, nous avons le temps. Je marche sans me presser. Presque une sensation de légèreté. Nous avons quitté les couloirs sombres et bondés du RER. Ici le hall est vaste et lumineux. Impression de quiétude. Nous passons sous le panneau *Embarquement* et prenons l'escalator vers la zone de contrôle. En contrebas, les Eurostar patientent avec leur gros nez jaune. Je prends Lola et Gabrielle en photo, heureuse d'avoir osé cette escapade londonienne. Le prochain départ pour Saint-Pancras est dans une heure. Je fais rouler ma valise jusqu'au premier portique. Scan des billets. Quelques mètres plus loin, présentation des pass sanitaires. Reste la douane. Impatiente, Gabrielle s'avance vers le guichet, seule, son passeport à la main. Elle fixe le douanier derrière la vitre en plexiglas, baisse son masque sous le menton, un air de défi au coin des lèvres. J'attends derrière la ligne de confidentialité. J'ai hâte de monter dans le train, d'entendre la sonnerie du départ, d'oublier les derniers mois. Illusion du voyage.

Maman! Étrange. Depuis quelques mois, elle m'appelle Léa. *Maman!* Moins d'assurance dans la voix, elle me fait signe de venir. Le douanier a toujours son passeport à la main. Méfiant : *C'est votre fille ?* J'acquiesce, Lola sur les talons. Je prends un air détaché, mais je me sens immédiatement coupable. Sans attendre, je lui tends nos passeports et une copie du livret de famille. Je ne porte pas le même nom que mes filles. Il les regarde à peine, quelque chose d'autre le préoccupe. Instinctivement je souris, chasse mes pensées, comme s'il pouvait les entendre. *Veuillez me suivre, s'il vous plaît.* Je ne souris plus. Gabrielle soupire bruyamment, commence à rouspéter. Je lui intime l'ordre de se taire. Mes pupilles doivent être noires, elle obtempère. Je m'oblige à respirer. Surtout garder mon calme. Je prends la main de Lola et suis l'officier en fixant le mot Douane en lettres blanches sur son blouson. Mes yeux glissent sur le pistolet dans son étui à la ceinture. Nous marchons longtemps. Je n'ose pas regarder l'heure, encore moins lui demander si nous risquons de rater notre train. Ce n'est manifestement pas sa préoccupation. Nous arrivons devant un container qui semble abriter des bureaux. Solution temporaire devenue permanente. Plusieurs douaniers s'y reposent, des gobelets de café à la main. D'autres se préparent à aller contrôler le prochain train pour Londres. *Chef, la jeune fille est sur le fichier des mineurs disparus.* Les conversations cessent, les têtes se tournent. Je me rappelle ces faits divers de parents divorcés qui enlèvent leurs propres enfants. J'explique, paniquée, la fugue, son retour au bout de vingt-quatre heures, l'audition au commissariat, le dossier classé par la magistrate. *Pour nous, elle est toujours portée disparue.* Le ton est implacable. Je me tais. Nous attendons de longues minutes dans les courants d'air glacés de la gare, Lola au bord des larmes, Gabrielle plongée dans son portable. Je m'adosse à une poutrelle métallique similaire à celles de la tour Eiffel. Je lui en veux, j'en ai assez.

Finalement, le premier douanier nous raccompagne en sens inverse. Nous retrouvons la lumière et l'ambiance feutrée du hall de départ. Il nous tend nos passeports. *Contactez le commissariat à votre retour.* Je ne lui demande ni pourquoi ni comment. Nous avons à peine le temps de monter dans le train. En longeant les rangées de sièges, je me sens dévisagée par les autres passagers. Je me fais la plus discrète possible. Je glisse ma valise cabine sous mon siège, plie mon manteau et le pose sur mes genoux. Gabrielle a déjà ses écouteurs sur les oreilles. Je m'enroule dans mon écharpe, regarde le quai défiler et expire longuement. La pression se relâche. Lola pose sa tête sur mon épaule, je savoure l'instant. Gabrielle est assise en face de moi, côté fenêtre. Son reflet sur la vitre est teinté de tristesse. Elle me fait de la peine mais je me félicite de cette mésaventure. A-t-elle compris les implications de sa fugue ?

Nous passons quatre jours à fouiller les fripes de Brick Lane et de Camden. Le jour du départ, ses sacs s'éventrent dans le hall de Saint-Pancras. Nous rions. Les douaniers anglais se montrent plus détendus que leurs homologues français. Presque amusés, ils nous proposent du thé le temps de vérifier si nous pouvons retraverser la Manche.

Gabrielle

Gabrielle a hâte de retrouver Mathieu. Ça fait un mois qu'ils sont en couple. Mais entre l'hôpital et les vacances à Londres, ils ne se sont pas vus beaucoup. Elle l'attend sur un banc dans un parc. Elle serre contre elle le Teddy Bear qu'elle lui a acheté chez Harrods. Elle lui a aussi rapporté des m&m's dans une boîte en cœur. Il est un peu en retard, sans doute le rush au McDo. Il finit par venir. Elle le voit arriver de loin, elle surveillait l'entrée du jardin. Elle s'étonne. Il a relevé sa capuche et marche lentement, trop lentement. Pas d'effusion, de course au ralenti. Il est là devant elle, ses boucles brunes lissées en arrière. Il ne s'assoit pas, il dit des mots qu'elle ne veut pas entendre. Il répète, elle dit *STOP.* Elle ne demande pas pourquoi, il ne dit pas pourquoi. Heureusement elle a caché l'ours en peluche. Elle prend son sac, se lève et quitte le parc sans se retourner. Elle ne pleurera pas, pas ici. Elle donnera les m&m's à Lola, elle les adore. Le Teddy Bear, elle le glissera sous son oreiller. Là, elle pourra pleurer.

Léa

Je reviens d'une balade en forêt. J'ai suivi un vol de corneilles et me suis égarée hors des sentiers. Ou peut-être me suis-je trouvée ? Assise sur une souche au milieu d'un cercle de grands chênes, je suis restée les yeux fermés, méditante, pénitente. Les corneilles ont tourné dans le ciel, longtemps, avant de reprendre leur chasse. J'ai fouillé la terre de mes doigts, y ai enfoui mes soucis. Trop nombreux, il aurait fallu creuser plus profond. Ça fait pousser quel arbre, les graines de soucis ? J'imagine dans quelques années un immense marronnier avec ses pyramides de fleurs blanches et roses. Enfant, j'y voyais des fées prêtes à s'envoler.

Un air vicié me saisit en poussant la porte de l'appartement. Je laisse mes baskets boueuses sur le paillasson et me précipite pour ouvrir les fenêtres en grand. Le vent s'engouffre et soulève les rideaux. Je respire à nouveau. *Il fait froid, ferme.* Gabrielle émerge de sa chambre, hirsute, les yeux en vrac. Je vois le maquillage qui a coulé, pas qu'elle a pleuré. Elle flotte dans un t-shirt informe, un bas de pyjama à carreaux en guise de pantalon. Sûr qu'elle a passé l'après-midi au lit, à s'abrutir sur son portable. Elle anticipe ma question, assure avoir travaillé, tousse. Une toux rauque, caverneuse.

Tout est brut chez elle, sa voix, ses boutons, ses rougeurs, ses odeurs, comme si son corps était enveloppé d'une gangue épaisse. Chrysalide ingrate de l'adolescence. Je m'imagine, ciseau et marteau en main, sculptant dans la masse pour la révéler à elle-même. Nouvelle quinte de toux. Je la force à avaler une cuillère de miel et à inhaler quelques gouttes d'huile essentielle de niaouli. Elle fronce le nez au-dessus des vapeurs citronnées.

On ne peut pas dire *bien fait* à un enfant qui s'écorche le genou en trébuchant. Mais quand l'enfant vous dépasse d'une tête et qu'il sort systématiquement le nombril à l'air, pour narguer votre autorité, le *bien fait* monte, monte, comme une envie sadique et résonne dans ma tête avec une voix de sorcière. À la place, *viens, on va faire les courses*. Je la traîne jusqu'au Monoprix, histoire de lui aérer le cerveau. Dans la rue, elle parle fort, des sujets futiles de la dernière importance. J'aime le silence. Ça m'agace, elle m'agace. À l'entrée du magasin, des affiches - 30 %. *Maman, j'ai plus de pull. Il est trop beau celui-là.* Alors entre les yaourts de Lola et la confiture de cerises griottes du petit déjeuner, je glisse un pull noir taille M, piqueté de fils dorés. J'aime les pulls à paillettes. C'est doux, c'est chaud, ça brille, ça pétille, comme si on portait la joie contre son cœur. D'ailleurs, Gabrielle sourit.

Je suis en serviette sur le palier, dégouttante de ma douche. Parquet mouillé sous mes pieds, larmes salées sur mes joues. Je repasse en boucle le film dans ma tête. Gabrielle avait cours à 10 heures, il était 7 heures et elle était déjà prête à partir dans le couloir. Je l'ai renvoyée dans sa chambre : *Tu n'as qu'à t'avancer dans tes devoirs.* Je suis allée dans la salle de bains. Elle est partie en laissant la porte ouverte.

Je me pose la question. Pourquoi avoir laissé la porte ouverte ? Oubli, précipitation, préméditation, coup de tête, SMS d'une copine : *En bas de chez toi. Tu descends ?* J'étais sous la douche, je n'ai rien entendu. En sortant de la salle de bains, j'ai appelé : *Gabrielle ? Gabrielle ?* Elle aurait pu fermer la porte.

Je suis toujours sur le palier, le cœur affolé devant cette porte ouverte. Je bloque. C'est tout sauf un détail cette porte ouverte, c'est un doigt d'honneur. Sa manière de fracasser les limites, le cadre, les règles. De dire qu'elle refuse de se laisser enfermer. Qu'elle veut vivre sa liberté. Qu'elle n'est pas moi. Qu'elle ne veut pas me ressembler.

Je me revois en rentrant de Londres, chez une thérapeute avec son père, pour tenter de ne pas sombrer. Elle et nous avec. *Gabrielle a besoin d'un cadre. Il faut lui tenir la bride. Obligez-la à brouter là où vous le décidez.* Je n'ai jamais aimé les spectacles de dressage. Le cavalier et son fouet, le cheval contraint, ses pas comptés, scandés, sabots en l'air. Valse de pouvoir de l'homme sur l'animal.

Ce matin, ma pouliche s'est cabrée, elle a laissé la porte ouverte. Au fond, je la comprends, je l'envie même. Il y a trente ans, j'écrivais *Carpe Diem* dans mes cahiers de lycéenne. Aujourd'hui, ma fille me dit *One life* et ne se contente pas de l'écrire. Elle le vit, le dévore, l'exulte par tous les pores de sa peau. Je n'ai jamais eu peur de vieillir, j'adore ma mèche de cheveux blancs. Dans quelques années, je pourrai me faire une teinture bleue sans avoir à les décolorer. Mais sa fougue me fait basculer dans un rôle auquel je ne m'étais pas préparée. Je ne suis plus la mère modèle, aimante, présente. Je suis la vieille conne qui fait chier. Bien pire que quelques cheveux blancs.

Elle aurait pu la claquer cette porte. Ameuter les voisins, crier, hurler sa haine, son mépris de ma petite vie. Tout sauf cette indifférence. Je n'en peux plus de son silence. Je l'imagine avec son pull noir à paillettes dans les brumes de cette fin d'hiver. Même pas froid, même pas peur. Galopante, insouciante, provocante. Vite retrouver les copains devant le lycée, fumer des clopes pour se réchauffer, remonter les mitaines pour cacher les marques.

Adolescence rime avec grandiloquence, efferves-cence, exubérance, impatience, inexpérience, espérance, incohérence, ambivalence, magnificence, omniprésence, indécence, jouissance, véhémence, irrévérence, turbulence, silence, somnolence, innocence, urgence, puissance.

Adolescence rime avec obéissance aussi. Pourtant.

Gabrielle ne va pas au lycée, elle va au café. Son père l'a retrouvée devant une bière hier après-midi. Absentéisme, décrochage ? Je suis excédée. Je ne sais plus quoi faire, je me demande en permanence où elle est, ce qu'elle fait, avec qui. Je n'arrive plus à me concentrer sur mon travail.

J'ouvre la porte de sa chambre, elle est là, avachie sur son lit, l'écran de son téléphone à dix centimètres de ses yeux. Génération de myopes. Je ne sais plus comment la motiver. J'ai peur de la voir sombrer à nouveau. Je crie, elle crie, nous crions. Je crie plus fort. Porte claquée. Elle pleure. Trop fort. Pas normal, pas habituel. Je dois y retourner.

Lola dans le couloir : *Maman, Gabrielle pleure.* Je ne veux pas, je ne peux pas. J'ouvre enfin. Le sang inonde ses draps. Elle a coupé dans le gras du bras. Je hurle. Je ne la soigne pas, je cherche la lame. Je soulève la couette, les coussins roses, les peluches. Je la trouve sous l'oreiller. Une lame de taille crayon ébréchée. Un poids dans la poitrine, pas assez d'air. Agir. *Lola, va dans ta chambre.* Jeter la lame, demander s'il y en a d'autres. Aller dans la salle de bains, prendre du coton, revenir, prendre le désinfectant. *Pschitt.* J'essuie. *Pschitt.* Sans ménagement. *Pschitt.* Plus j'essuie, plus le sang coule.

C'est la première fois que je la surprends en train de *faire de la merde*. Jusqu'ici je n'avais vu que les cicatrices, les marques blanches sur ses bras, cachées par des mitaines, même en plein été. Même ça je n'avais pas compris. J'y avais vu une coquetterie, une de plus. Mais le sang jamais. La violence m'envahit, je la fais mienne. Je m'agite dans tous les sens, succession de va et vient, propos incohérents. Je sais que je ne réagis pas comme il faudrait. Que je devrais me calmer. Que je vais dire des choses que je vais regretter. Que je vais aggraver la situation. Que.

Je dois ralentir d'urgence. Je quitte la pièce précipitamment, je dérape. Je me réfugie dans l'obscurité de la cuisine, prends appui des deux mains sur le rebord de l'évier. Je ferme les yeux, m'oblige à respirer. Je compte. 1, 2, 3, 4, j'inspire. 1, 2, 3, 4, je souffle. Je recommence. 1, 2, 3, 4. J'ouvre doucement les yeux. Dans l'immeuble en face, une famille dîne dans la salle à manger. Je les envie. Je les déteste. J'ai du sang sous les ongles.

Je retourne dans sa chambre. Je la lève, la fais marcher jusqu'à la salle de bains. Je lui enlève son t-shirt souillé. Elle se laisse faire. Je l'aide à enjamber la baignoire. Je fais couler l'eau sur son corps blanc et mou. Un corps que je ne connais plus. Nous restons longtemps sans bouger. Le jet brûlant sur ses épaules. Je caresse sa joue. Le sang se dilue dans le siphon. Elle lève des yeux charbonneux. *Merci Maman.*

Je ne l'ai jamais appelée *bébé*. J'étais fière qu'elle grandisse. Vite. Trop vite. Elle n'a jamais marché à quatre pattes, a fait ses premiers pas à 7 mois, a lâché mes mains à 1 an, a prononcé ses premiers mots à 18 mois, ses premières phrases dans la foulée. Dans la voiture au retour de la crèche, nous écoutions de la musique classique. Nous prenions le goûter dans les bois derrière la maison ou dans les parcs des musées parisiens. Elle a contemplé les pieds des statues de Rodin avant de voir leur visage, a gribouillé des feuilles entières devant les nymphéas de Monet.

Heureusement Lola est née. J'ai eu moins de temps. Gabrielle en a eu, enfin.

Nous avons rendez-vous à 11 heures au CMP, un peu à l'écart du centre-ville. J'ai prévenu le lycée, au moins une absence excusée. Le père de Gabrielle nous rejoint. Nous attendons, alignés tous les trois sur un banc en bois, dos à une fenêtre. Pas de store, le soleil en raies obliques. Je transpire. Au sol, du carrelage, des petits carreaux en mosaïque des années soixante. Un ado obèse en jogging gris se balance sur sa chaise. Avant. Arrière. Un enfant à quatre pattes fait rouler sa petite voiture. Avant. Arrière. Un bébé jette un trousseau de clés. Sa mère ramasse. Une fois. Deux fois. Tic-tac de l'horloge Ikea. Ça claque, ça résonne.

Je regrette le linoléum et les sièges en plastique de l'hôpital. C'était ça ou un signalement à l'ASE. Obligation de suivi dans un CMP, dossier prioritaire, plus de liste d'attente. Gabrielle va rencontrer sa psychiatre référente. 11 h 05, une porte s'ouvre. L'ado obèse en jogging gris se lève en traînant les pieds et disparaît dans le premier bureau. 11 h 10, une jeune femme en blouse blanche emmène l'enfant dessiner sur une petite table, sa petite voiture crispée dans la main droite, un feutre dans la main gauche. Il pilonne la feuille. 11 h 15. 11 h 20. La mère range son trousseau de clés et suit avec son bébé en pleurs une femme en Crocs roses dans un deuxième bureau. 11 h 25. Je vais demander à l'accueil si nous avons bien rendez-vous. Manifestement je dérange. Je reste polie. 11 h 30. Je rêve d'une douche. 11 h 35. *Gabrielle.*

Une femme émerge du fond du couloir, casque de cheveux gris sur la tête. Austère est un euphémisme. *Je vais recevoir Gabrielle seule.* Ne pas faire de scandale, ne pas penser au temps perdu, au boulot et aux factures qui s'accumulent. Je vais faire un tour dehors. 11 h 50. Gabrielle ressort, une ordonnance de Tercian dans la main, une liste de rendez-vous dans l'autre. Tous les mercredis matins. Gabrielle est contente, ça tombe pendant les cours de maths.

Je n'ose plus laisser Gabrielle seule. Je m'enferme, me referme. Simon tente de me sortir de ma léthargie, me convainc de le rejoindre à un vernissage. Une artiste qu'il connaît expose ses photos dans une petite galerie parisienne. J'arrive en retard, il m'attend, me sourit, m'encourage. Il pousse la porte, me laisse entrer, gentleman. Je dois avoir un mouvement de recul. Je sens sa main dans mon dos, pression douce. J'avance, le perds immédiatement, happé déjà par l'une de ses nombreuses connaissances. Il est l'incarnation parfaite de l'extraverti, moi de l'introvertie. Je n'aurais pas dû venir, il y a du monde. Trop. Brouhaha, buée sur les vitres. Ça parle fort, ça rit, ça ne s'écoute pas. Je n'y arriverai pas. Je pense à Gabrielle, je me demande ce qu'elle fait, si elle va bien. Je saisis une coupe sur un plateau. Le champagne est chaud et éventé, j'aurai mal au crâne demain. La sono est trop forte. Je me concentre sur les photos, tentative d'évasion.

Salut, comment tu vas? Ton enjoué, surjoué. Je me retourne, une amie venue de Marseille me sourit. *Salut!* Je ne l'ai pas vue depuis des mois, pas appelée non plus. J'essaie de trouver un sujet de conversation. Pas ma fille, pas la fugue, je ne parle que de ça. Elle meuble, commente les photos. Soudain, je dis *Je ne suis pas venue aux 18 ans de ton fils. Je ne supporte plus le bonheur des autres.* Les mots tapent, m'échappent, durs, âpres, crus. Je ne suis plus capable de rondeur. Je la regarde dans le blanc des yeux. Elle ne cille pas, encaisse, semble comprendre. Elle porte son verre de vin blanc à ses lèvres, me sourit encore.

Je revois les photos de l'anniversaire, celles du fil WhatsApp envoyées aux invités. Le gâteau, les bougies, la joie sur le visage de son fils, les boucles brunes de ce garçon. Son sourire immense, ses dents parfaitement blanches. Les bras de sa mère autour du cou, heureux. Comme un coup de poing dans le ventre, la bile qui brûle, qui tord la bouche. Grimace de haine. J'aurais voulu leur jeter un maléfice, être la fée jalouse qui trouble la fête. Je me repais de cette colère, elle me nourrit, me fait me tenir droite. Je regarde depuis l'autre rive les bras de cette mère autour du cou de son fils. Aujourd'hui le courant est trop fort, Gabrielle et moi ne pouvons pas traverser. Il nous faut patienter, laisser la bile s'écouler, les regrets s'épancher, la plaie cicatriser.

Un jour nous traverserons et je mettrai mes bras autour de son cou.

Aux galeries d'art, je préfère les cabines capitonnées des studios d'enregistrement. Je m'y sens en sécurité, injoignable, coupée du monde, portable en mode avion. Aucune mauvaise nouvelle ne peut m'atteindre. Je ne suis là pour personne. Qu'importe le siège inconfortable, la poussière qui gratte la gorge, je m'immerge dans le texte, dans les mots de l'auteur auxquels je prête ma voix. Je suis seule devant le micro pendant quatre heures. Seules me parviennent les consignes du réalisateur et de l'ingénieur son. Je me laisse guider, pas de décision à prendre. Je suis entièrement, totalement concentrée sur ma lecture, l'intonation à avoir, les "ai" et les "ô" à ouvrir, les liaisons à effleurer, les fins de phrase à chuter. Je ne pense à rien d'autre. Ces séances d'enregistrement de livres audio sont à la fois exigeantes et reposantes.

Je bois une gorgée de tisane tiède, rebouche ma gourde, salue la compagnie et quitte à regret le studio. Je m'enfonce dans la nuit jusqu'à la bouche dorée du métro, ligne 4. Amortir le freinage brutal à chaque arrêt. Changement à Châtelet-Les-Halles. Suivre le flot, zigzaguer entre les sans-abris, prendre l'escalator, remonter en tête de train, attendre cinq minutes le prochain RER. Sur le quai, penser au repas à préparer. Ne pas oublier d'acheter du pain sur le chemin, du pain au maïs, celui que Gabrielle préfère. Enfoncer la clé dans la serrure. Enfin. Croire que l'on est arrivé, sentir la bourrasque à peine la porte refermée.

T'étais où, j'ai faim, qu'est-ce qu'on mange, viens on commande une pizza, en fait j'ai pas faim, j'ai plus de tabac à rouler... Le tout prononcé sans un regard, le casque vissé sur les oreilles. Je contourne Gabrielle sans la toucher, allume la lumière de l'entrée, pose mon sac à main et mes clés sur la console, déroule mon écharpe, enlève mon béret, me déchausse et suspends ma veste sur un cintre. Sans un mot, je remonte le couloir vers la salle de bains, fais mousser le savon et me sèche les mains. J'ai besoin de ce rituel, de cet enchaînement de gestes simples pour me sentir chez moi. Ce soir, ces gestes ont encore plus d'importance. Je les exécute un par un, méthodiquement. Je les savoure, lentement, les fais durer. On pourrait y voir de la maniaquerie, c'est une opération de survie. Ces gestes sont mes garde-fous. Ils m'empêchent de réagir, de me précipiter sur elle pour la honnir, la vomir, la rabaisser, lui imposer le respect : *Mais pour qui tu te prends!* Soulagement fugace. On a crié plus fort, on a eu le dernier mot. Mais le cœur s'emballe, le rouge aux joues et la gorge qui s'enroue. Qu'elle est longue la redescente. Manquerait plus qu'on vous dise de vous calmer. Furie hystérique pointée du doigt. J'ai trop longtemps joué ce rôle.

Gabrielle n'a pas bougé de l'entrée. Les bras croisés, elle attend, imposante, hostile. Je suis le paillasson sur lequel elle veut essuyer les contrariétés de sa journée. Je peux voir les ondes de sa colère brouiller sa silhouette. Mais c'est comme les ronds dans l'eau, plus on s'éloigne du point d'impact, plus les perturbations s'atténuent. Je m'assois dans le canapé, un coussin dans le bas du dos. D'une voix douce *Bonsoir chérie, je suis contente de passer la soirée avec toi.* Elle lâche prise dans l'instant, micro-sursaut du corps, me rejoint, se pelotonne contre moi et réclame une histoire, comme avant.

« Il était une fois une petite fille et sa maman. Elles aimaient jouer du piano. Elles avaient appris ensemble pour se motiver. Les doigts de la petite fille étaient agiles et couraient, insouciants, sur les touches. Ceux de la maman étaient plus sages et appliqués. Les notes qui dansaient aux oreilles de la petite fille, dessinaient des images colorées dans sa tête. Pour la maman, elles restaient des points alignés sur une portée. Un jour, sur la porte de la salle de musique, elles virent une affiche qui annonçait un concours de piano à quatre mains. La petite fille s'écria : inscrivons-nous ! La maman écrivit leurs deux noms, heureuse à l'idée de partager ce moment. Elles choisirent « Danse indienne », une ronde gaie et chaloupée, et s'entraînèrent jusqu'au jour du concours. Au moment de monter sur scène, la maman se mit à trembler. Elle cacha ses doigts dans sa jupe. Elles se serrèrent sur le banc, la petite fille souriait, confiante, indifférente aux regards du public. Elle esquissa les premières notes, mais les doigts de sa maman tremblaient toujours. Ils jouaient leur propre partition, inversant les touches noires

et les touches blanches. La petite fille posa sa main sur le poignet de sa maman et la regarda longuement, sans se soucier des murmures qui montaient du public. Les doigts de la maman cessèrent leur gigue et suivirent ceux de la petite fille dans leur danse indienne. Le jury, conquis leur attribua le premier prix. »

Mathieu

Mathieu se réveille en sursaut, collant de sueur, l'image encore imprégnée sur la rétine : Gabrielle a la peau bleue, les yeux fixes, éteints, une plaquette de Tercian à la main. Vide.

Vite, il se lève, se réfugie sous la douche et fait couler le jet brûlant sur son visage. L'image se brouille, se décolore. Il respire à nouveau. Maintenant il en est sûr, il faut qu'il prévienne la mère de Gabrielle. Sofia doit avoir son numéro. Il pourra lui envoyer un SMS, lui dire que sa fille prend trop de médicaments. Qu'elle alterne les crises de panique – respiration sifflante, jambes flageolantes – et les états seconds – langue pâteuse, cerveau comateux.

Hier, il parlait avec une fille à l'arrêt de bus. Gabrielle les a vus, elle a pris quatre cachets d'un coup. C'est Sofia qui l'a prévenu. Il sait que la rupture l'a affectée, mais il ne regrette pas, il ne pouvait pas faire autrement. C'était trop dur d'avoir peur tout le temps pour elle, avec le bac et les concours qui approchent et sa mère qui lui fout la pression. Il n'a pas supporté, il essaie de l'éviter pour qu'elle l'oublie. Il a renoncé aux pauses clopes devant le lycée, mais il n'arrête pas de la croiser, dans la rue, au parc, au café. Elle ne parle pas, elle le fixe de ses yeux bleus devenus gris, tristes, cernés. Ça lui fait comme un coup de poing à chaque fois.

Léa

Je me réfugie dans le travail. Je pars trois jours à Annecy animer un congrès, Simon m'accompagne. Debout sur scène, micro à la main, j'aperçois le lac. Avec mes invités, nous parlons entraide et solidarité. Le public est attentif. Je maîtrise, je me sens bien, j'aime ça. Gabrielle et Lola sont chez leur père. Je peux me concentrer, ne penser qu'aux questions à poser, aux personnalités à saluer, à ma robe pour le cocktail. Le cadre est magnifique, presque des vacances. Mon téléphone est sur le pupitre devant moi en silencieux, je peux surveiller le temps pour ne pas dépasser les quarante-cinq minutes imparties pour cette première conférence. L'icône message s'affiche dans le haut de l'écran, puis une deuxième dans la foulée. Je ne suis plus en vacances. De nouveau fatiguée, fatiguée d'être inquiète, d'imaginer le pire, d'essayer de trouver des solutions, d'avoir sans cesse l'impression de revenir à la case départ.

Le silence me ramène dans la salle. Un des invités vient de finir son intervention. Il faut que je pose une nouvelle question, que je relance le débat. Je souris pour gagner du temps, je respire. Meubler, je sais faire. Je m'oblige à ne pas penser. *Et si elle avait de nouveau fugué ?* Coup d'œil sur mes notes, j'enchaîne avec le thème suivant. Je travaille à l'expérience, mécaniquement. Je conclus la conférence, un rapide salut aux invités et je file en coulisses.

J'ouvre le premier message, un numéro inconnu : *Bonjour, c'est Mathieu, l'ex de Gabrielle.* J'ai appris par Lola qu'ils ne sont plus ensemble. Ce SMS confirme ce que je redoutais. Gabrielle prend trop de Tercian, à la moindre alerte, au moindre stress, incapable de respecter les doses. Il aurait fallu mettre en place un PAI, un projet d'accueil individualisé, mais il n'y a plus d'infirmière au lycée. Je lui ai laissé la plaquette. J'ouvre le deuxième message, encore un numéro inconnu. Le standard du CMP. J'apprends que Gabrielle n'est retournée qu'une fois voir la psychiatre du Centre médico-psychologique, qu'elle n'est jamais revenue. Ils ont attendu un mois avant de me prévenir.

Ma chambre est dans les étages au-dessus de la salle de conférence. J'ai une heure avant la prochaine. Je passe par la réception, prends ma clé, grimpe l'escalier et ouvre la porte, la dernière au fond du couloir. La pièce est lumineuse, baignée de soleil. Mais je ne prends pas le temps d'admirer les arbres centenaires du parc. Je m'assois sur le lit, j'ai envie de pleurer, je ne sais plus quoi faire. Cinq mois se sont passés, cinq mois depuis sa fugue, cinq mois que je me pose la question, cinq mois que je ne sais pas. C'est long. Je suis de celles qui savent intuitivement quelle décision prendre et quand c'est le cas, je n'hésite pas. Là je subis. Rien ne vient.

Impuissante, j'ai peur de me tromper. C'est oppressant, l'absence de solution. Rien pour se projeter, pour se dire que ça ira mieux. Juste une litanie de problèmes à gérer au quotidien.

J'ouvre mon cahier, trouve la liste des internats de la région. Son père les a tous appelés, nous en avons visité deux. Belle maison, grand parc, beaux arbres, mais interdiction de s'y promener. Emploi du temps monacal, rythmé par les cours, les repas et les temps d'étude. Solution facile. Y'a qu'à payer. *Débrouillez-vous avec elle.* Je ne peux m'y résoudre, elle ne supporterait pas, trop fragile. Je dois trouver LA solution, l'endroit où elle va se sentir en sécurité et s'épanouir. Ça existe ? Ce qui est sûr, c'est qu'elle doit changer de lycée, de copains, d'environnement.

Simon me rejoint. Il a compris que quelque chose n'allait pas. Soutien discret ces derniers mois, patient, attentif à souligner le moindre progrès. *On m'a conseillé un lycée hors contrat près de chez toi*. Pédagogie alternative, vingt élèves par classe, une seule classe par niveau, des projets artistiques. C'est cher, mais moins qu'un internat. Je cherche le numéro sur internet, j'appelle. La secrétaire me répond au bout de deux sonneries, je lui déballe tout. Sans filtre, j'abats mes cartes. *Vous êtes ma dernière chance.* Elle m'invite à remplir un dossier d'inscription et me propose un rendez-vous la semaine suivante.

Gabrielle refuse de changer de lycée, mais elle accepte de m'accompagner. Il fait beau, les fleurs des cerisiers tapissent les rues d'une mousse rose. Une femme en robe longue et sabots, cheveux roux, nous ouvre la porte. Nous la suivons dans la cour. Il y a un potager, un terrain de basket, la vue sur la Seine et des élèves de tous âges qui jouent, se courent après et discutent bruyamment. Elle nous propose de patienter dans sa classe, au rez-de-chaussée d'une vieille bâtisse élégante. Au tableau, un dessin lumineux à la craie représente les saisons. C'est la maîtresse des 2e. Ici pas de sigle, on compte dans l'ordre des classes. Elle nous parle de la Lune et de son influence sur les végétaux. Je n'ose regarder Gabrielle. Elle nous laisse et revient avec la responsable de la classe de 11e, la première. Une femme aux cheveux gris, taches de rousseur et sourire doux nous accueille. Nous la suivons dans un escalier étroit encombré par des cartables d'enfants. Au dernier étage, la salle d'art s'ouvre sur le bleu du ciel et le vert des arbres. C'est là que se déroule l'entretien. Je reste en retrait. Gabrielle raconte ses crises d'angoisse, les maths qu'elle déteste, son prof de français qu'elle adore, les autres qu'elle trouve nuls. *C'est quoi un bon prof,* demande la femme aux cheveux gris et aux taches de rousseur. Je souris, discrètement. Je trouve la question intelligente. Gabrielle répond du tac au tac : *Un prof qui parle avec ses élèves et qui connaît leurs prénoms.* Elle réclame du débat, de l'attention, de la considération. Pas des prises de notes sans fin et sans interaction. L'entretien se termine. Je n'ai quasiment pas parlé, c'est aussi bien.

Nous quittons l'établissement redevenu silencieux. Les élèves sont rentrés en classe. Sur le trottoir, j'avance sans dire un mot. Surtout ne pas poser de questions. Tant qu'elle ne dit rien, je garde espoir qu'elle ait aimé le lieu, qu'elle s'y projette.

Je dois attendre le lendemain matin pour connaître sa réaction. *J'ai annoncé à Sofia que je changerai de lycée à la rentrée.* Je croise les doigts. Pourvu que son dossier soit accepté.

Simon

Simon s'éloigne. Besoin d'air, besoin de souffler. Ces derniers mois ont été longs, pendu au téléphone à rassurer Léa, à entendre sa détresse. Ne pas la minimiser mais tenter de la relativiser. Exercice d'équilibriste. Il n'en peut plus de marcher sur une corde raide. Pourtant il la comprend, pas d'autre choix. Gabrielle a besoin d'elle. Pas le moment de dire *et moi ?* Il en a envie pourtant, souvent, de plus en plus souvent. Elle lui manque. Leurs étreintes, leurs après-midis au lit, insouciants. Les soucis contenus derrière les volets entrebâillés, la fraîcheur de la pénombre. Son sourire, ses soupirs, ses lèvres, ses seins, lourds. Il aime les pincer, ça fait longtemps. Elle lui en veut de ne pas être plus présent. Elle lui en veut quand Gabrielle retrouve sa joie de vivre avec lui. Elle lui en veut de mener ses projets, de voir ses amis, d'aller au cinéma, d'être maître de son temps. Elle l'envie et ça pourrit tout. Elle est allée voir une psy, une psychologue, pour parler de Gabrielle et ne plus lui en parler à lui. Mais elle y revient, toujours. Alors elle s'agace, culpabilise, s'en veut de ne pas y arriver. Il voit la panique dans ses yeux, la peur de le voir partir. Elle sent qu'il s'éloigne, il sait qu'il s'éloigne. Mouvement inexorable. Mais il garde confiance. Il se répète, impermanence, que les choses ne durent pas, que la vie est bien faite.

Un jour il dit *j'aime ton courage*. Il voit l'éclat dans ses yeux, l'émotion l'envahir. Il a touché juste, cœur à cœur. Et sur la table de bistrot, leurs doigts s'entremêlent de nouveau.

Léa

Gabrielle danse en culotte au milieu du salon. C'est rare. Habituellement, elle ne porte que des strings en dentelle. Les bras en l'air, le t-shirt relevé sur son nombril, son téléphone portable dans une main, une mini-enceinte dans l'autre. Les yeux fermés, insouciante, elle chante en japonais le générique d'un dessin animé de mon enfance. Le lycée a appelé, elle a réussi l'entretien. Elle y fera sa rentrée en septembre. Nouveau départ.

Elle est belle avec ses mèches rebelles. *Je me suis coupé les cheveux.* Ne plus s'étonner, surtout ne pas laisser remonter la colère. Sourire à la vie qui revient, au ciel gris qui s'éclaire. Folie douce, pas méchante, pas grave. On revient de loin. Savourer chaque instant, accompagner chaque pas. Comme quand, enfant, elle s'est élancée seule pour la première fois sur le faux gazon de l'aire de jeu, entre le toboggan et la balançoire, dans sa doudoune violette. Le petit imperméable de toile blanche avait déjà fini aux chiffons. Tendre la main, au cas où. Maintenant elle sait qu'elle peut l'attraper, ma main. Que je suis là, toujours, que ce ne sont pas des paroles en l'air. Quelle que soit l'heure de la nuit ou l'envie de connerie.

Justement. *Je suis énervée. Je veux boire. Je veux fumer.* Acquiescer, ne pas réagir, laisser tourner sept fois dans sa tête. *Tu as le droit d'être énervée. Ce n'est pas grave.*

Attendre, dans le noir de sa chambre. Odeur indéfinie d'hormones et de mauvais tabac. Elle, roulée en boule sous la couette, des coussins partout. Camouflage, peur des coups, cocon ouaté. Le rappeur Lomepal termine son ode mélancolique. Elle l'écoute en boucle. Je ne dis rien, surtout pas. Juste être là. *Je peux ?* Apprivoiser la bête. Patiemment, pas de gestes brusques. Apaiser l'enfant d'une caresse sans gêner l'adulte à l'étroit. Elle finit par se lasser de Lomepal et s'endort en fredonnant « La chanson de Maxence » dans *Les Demoiselles de Rochefort.*

Je marche vers la place de l'Église. Les rideaux des commerces sont baissés, les rues pas encore embouteillées. Les livreurs déchargent leurs camions, quelques personnes attendent sous l'abribus, en dansant d'un pied sur l'autre. Il fait encore frais en ce début d'été. Les cloches n'ont pas encore sonné 7 heures, la boulangerie va bientôt ouvrir, et je serai la première cliente. *Une tourte de meule tranchée et trois croissants, s'il vous plaît.* J'aime le rituel du petit déjeuner. La bougie allumée sur la table, l'intention du jour sur les sachets de thé, leurs mines encore brouillées. Je me réchauffe les mains sur la boule de pain tout juste sortie du four. Le cri strident d'une perruche me fait lever la tête, trait vert dans le ciel rosé. Rétines imprégnées, beauté, instant volé. Mon corps éthéré, comme un fumet. Une douceur dans l'air, fugace. Je me redresse, me retourne, repars, cherche. La sensation est partie, son empreinte effleurée sur ma nuque. J'avais oublié la légèreté.

Épilogue

Nous sommes en Italie dans les Pouilles. Deux semaines toutes les deux dans un trullo, une maison en pierres traditionnelle au toit conique. Lola a préféré partir au ski avec Simon. Gabrielle est censée réviser son bac de français, ses notes progressent. Elle participe en classe, arrive à mieux se concentrer. Plus de crise d'angoisse, un nouveau psychiatre, le troisième, en libéral. Il lui a prescrit de la Fluoxetine et de l'Alpraxolam. Jolis noms. En fait, les génériques du Prozac et du Zanax. Six mois de traitement. Des troubles de l'humeur évoqués, à croire que les ados d'aujourd'hui sont tous *borderline* ou bipolaires. J'ai dit stop quand il a voulu la mettre sous Depakote avec prise de sang toutes les deux semaines pour surveiller son foie. Le nom de la molécule – divalproate – m'a rappelé le scandale de la Depakine et les malformations sur les nouveau-nés. Je lui ai fait part de mes doutes, il n'a jamais répondu, ne nous a plus donné de rendez-vous, nous laissant en plein traitement sans ordonnance.

Gabrielle a décidé d'arrêter, seule. Nous avons diminué les doses, progressivement, semaine après semaine. Le pharmacien du quartier, compréhensif, nous a avancé une boîte pour tenir le dernier mois. J'ai pris rendez-vous chez un quatrième psychiatre, une pédopsychiatre. Trois mois d'attente pour apprendre que, cette fois, Gabrielle devait prendre de la Quétiapine, un antipsychotique utilisé pour le traitement de la schizophrénie, également régulateur de l'humeur. Ce rendez-vous nous a replongées un an en arrière, au pire moment de la crise, nous laissant exsangues plusieurs jours. Nous avons décidé d'arrêter les frais, littéralement, vu les dépassements d'honoraires. Gabrielle consulte régulièrement une psychologue. Selon elle, ses troubles sont aujourd'hui ceux, classiques, d'une adolescente et ne relèvent pas – ou plus – de la psychiatrie.

Ma fille va bien, ma fille va mieux. Elle rêve de faire le tour du monde, de vendre des glaces à Ipanema, de faire de la photo, de rencontrer des gens. Le bac lui paraît loin, inutile surtout – difficile de la contredire – mais essentiel, indispensable. Et de nouveau vieille conne. *Passe ton bac d'abord.* Ses profs lui ont annoncé son redoublement la veille de notre départ en Italie. Un an d'avance, pas grave. Mais de quoi plomber les vacances. Elle émerge à 13 heures. Café, clope, bain de soleil, Instagram. Les annales au pied de la chaise longue, trois coups de stabilo. *On va à la plage?* Je ne supporte plus sa flemme et sa futilité. J'explose en terrasse entre deux cuillères de tiramisu. Les mots *sacrifice, remerciement, reconnaissance* s'envolent dans l'air chaud de cette fin d'après-midi. Elle me fixe, les yeux humides, finit par lâcher *c'est juste le rôle d'une mère.* Ses mots m'atteignent en plein cœur. Je me lève, sans réfléchir. Je marche, je cours presque dans le dédale de ruelles blanches. Les touristes s'écartent, étonnés. La phrase roule dans ma tête, m'aveugle. Nous nous retrouvons sur le parking à l'entrée de la vieille ville. Je prends le volant, mutique. La phrase devient question. Du siège passager, j'entends *Merci pour le voyage et pour tout le reste*. J'accueille ses mots en silence. Dans ma tête en boucle *C'est quoi le rôle d'une mère ?* Je pense au poète Khalil Gibran[1]. J'arrive au trullo, je prends une feuille blanche et j'écris :

C'est donner la vie. C'est nourrir en son sein. C'est caresser la joue endormie. C'est perdre le sommeil. C'est faire des bisous papillon. C'est tendre la main. C'est encourager d'un sourire. C'est guider d'une voix douce. C'est aider à se relever. C'est serrer dans ses bras. C'est s'inquiéter et dire *ne t'inquiète pas*. C'est répéter *mange ta soupe, fais tes lacets, viens à table*. C'est brosser les cheveux sans les tirer. C'est essayer de ne pas s'énerver. C'est connaître les prénoms des copains. C'est organiser les anniversaires. C'est faire des crêpes pour la kermesse. C'est

1. « Vos enfants ne sont pas vos enfants. Ils sont les fils et les filles de l'appel de la Vie à elle-même, Ils viennent à travers vous mais non de vous. Et bien qu'ils soient avec vous, ils ne vous appartiennent pas. Vous pouvez leur donner votre amour mais non point vos pensées, Car ils ont leurs propres pensées. Vous pouvez accueillir leurs corps mais pas leurs âmes, car leurs âmes habitent la maison de demain, que vous ne pouvez visiter, pas même dans vos rêves. Vous pouvez vous efforcer d'être comme eux, mais ne tentez pas de les faire comme vous. Car la vie ne va pas en arrière, ni ne s'attarde avec hier. Vous êtes les arcs par qui vos enfants, comme des flèches vivantes, sont projetés. L'Archer voit le but sur le chemin de l'infini, et Il vous tend de Sa puissance pour que Ses flèches puissent voler vite et loin. Que votre tension par la main de l'Archer soit pour la joie ; Car de même qu'Il aime la flèche qui vole, Il aime l'arc qui est stable. » Khalil Gibran

couper les ongles des pieds. C'est faire des shampooings anti-poux au retour des colos. C'est aller aux spectacles de fin d'année. C'est acheter les premiers soutifs, les premiers tampons, les premières capotes. C'est faire des gâteaux au chocolat pour guérir les chagrins d'amour. C'est prendre le volant pour aller voir la mer. C'est danser sur *Grease* au milieu du salon. C'est encourager, choyer, écouter, prévenir, consoler, réconforter, soigner, câliner, porter, rassurer. C'est gronder, dire non, punir, engueuler, priver de dessert, envoyer dans sa chambre, interdire de sorties, confisquer le portable. C'est montrer sa puissance. C'est encourager l'indépendance. C'est accepter ses failles. C'est pleurer sans rougir. C'est ne pas avoir de certitudes. C'est continuer à grandir. C'est se faire confiance. C'est faire confiance. C'est renoncer à l'enfant idéal. C'est apprendre à le connaître. C'est se laisser émerveiller. C'est dire *prends ton temps*. C'est se mettre sur la pointe des pieds pour l'enlacer. C'est dire je serai toujours là. C'est dire je t'aime. C'est ouvrir les bras.

Je pose mon stylo, cligne des yeux, étonnée, incrédule, regarde ma main, mes doigts. L'index droit taché d'encre bleue. J'ai écrit d'une traite, comme dans un souffle, libérant les mots trop longtemps contenus. Je lève la tête. Gabrielle m'observe derrière les lavandes. Quelques pas sur les graviers blancs, elle est là, se penche, lit par-dessus mon épaule. Une mèche de ses cheveux chatouille ma joue. Et ses bras s'enroulent autour de mon cou.

Merci à Anne Sibran d'avoir fait jaillir les premiers mots

Merci à Elsa Flageul pour son clin d'œil lors d'un atelier à l'école Les Mots

Merci à Véronique de m'avoir dit d'écouter mon texte résonner en moi

Merci à Louise, ma chère, très chère amie

Merci à Anne-Lise pour sa sensibilité

Merci à Malika, ma première lectrice

Merci à Rita, Sandrine et Eva pour leurs encouragements

Merci à Tristan, cataphile dit Poisson, de m'avoir raconté les catacombes

Merci à Raphaëlle qui se reconnaîtra

Merci à Fabrice d'avoir cru en moi sans poser de question

Merci à *Radio Swiss Jazz* d'avoir accompagné mes heures d'écriture

Merci au *Café Léa* et à *l'Arcole* où j'ai écrit de nombreuses pages

Merci à Aude de la librairie *Dédicaces* à Rueil-Malmaison

Merci à Arnaud Le Guern d'avoir lu et aimé

PAPIER CERTIFIÉ

Achevé d'imprimer par Normandie Roto Impression s.a.s.
en janvier 2024,
N° d'imprimeur : 2400299
Dépôt légal : février 2024

Imprimé en France